縁結びこそ我が使命

占い同心 鬼堂民斎⑤

風野真知雄

祥伝社文庫

もくじ

目次イラスト／熊田正男
目次デザイン／かとう みつひこ

見つめられたブ男

一

「凄《すご》くいい女が、毎日、おれの店《たな》の前にやって来て、おれのことをじいっと見つめるんだ。モテ運が出てるか、占ってもらいてえんだ」

男は一息で言った。四つ（午前十時頃）を過ぎてまだ間もない頃である。

「は？」

易者《えきしゃ》でもあり、その実、隠密同心《おんみつどうしん》でもある鬼堂民斎《きどうみんさい》だが、一瞬、なにを言われたのか、わからなくなった。早口だったせいもあるが、前にいる男の様子と話の中身が、あまりにもそぐわなかったからである。

「だから、いい女なんだよ」

「それがあんたを見つめるって？」

「そうだよ」

前にいる客は、歳《とし》のころは四十くらい。これはもう、いい男だとは拷問《ごうもん》を受けても言えない。神さまや、親や、運命などが、もう少しなんとかできなかったのか、と言いたいくらいの器量の悪さである。

だが、幸い男は女より、金や地位や身分や力や根性その他で、器量の悪さを乗り越えることができる。

だから、もしかしたらということはあるが、はたしてこの男にそうしたものがあるだろうか。

「ううむ。それは、やはり、なにかの間違いではないかな」

と、民斎は申し訳なさそうに言った。

「あ、あんた、おれの見た目だけで判断したな。易者のくせに、運勢を観《み》もせずに、そんなことはあり得ないと決めつけたな」

「いや、決めつけたわけではないが」

「じゃあ、なんだよ」

「そういう誤解はしょっちゅうあることなんだ。だいたい男の相談の四割は、その手の誤解だから」

慌《あわ》てて嘘《うそ》でごまかした。

たしかに、見た目で決めつけてはいけない。

「誤解なら誤解でいいから、観てくれよ、おれの運勢を」

「わかった。では、八卦《はっけ》で占うが、よいな」

「ああ」

筮竹《ぜいちく》を大げさに鳴らし、

「まず一本、引いてくれ」

「おれが？　易者が自分で取るのではないのかい？」

「そういう方法もあるが、別に客に引かせてもいい。そのほうが、自分の運勢をのぞく感じがするだろうよ」

「そりゃあ、そうだが」

と、客は恐る恐る一本を引いた。

それから、民斎は適当に分けたりしながら、使う筮竹を絞《しぼ》り出し、出た運勢を確かめた。

「女運はまるでよくない」

民斎は断言した。

「そうなの」

「だが、変な運が出ている」

「変な運とはなんだよ？」

「つまり、ことわざで言えば、犬も歩けば棒に当たる」

「棒に当たる？　それって、いいのか、悪いのか？」

「どっちもある。いいことだったり、悪いことだったり」

「そんなはっきりしねえ占いがあるか」

と、男は怒った。

「では、もっとはっきりさせよう」

そう言って、民斎は男の顔に天眼鏡《てんがんきょう》を向けた。

「ややっ」

「なんだよ」

「たしかに、目元のあたりにモテ運らしきものが」

「ほおら、見ろ」

「だが、さっきの『棒に当たる』の棒が気になる。もしや、その美人、男なのではないかな？」

「男ぉ？」

客の声が裏返った。

二

今日は永代橋《えいたいばし》を渡って深川《ふかがわ》に来ている。

といっても、あまり奥のほうには行かず、永代橋にも近い油堀《あぶらぼり》の千鳥橋《ちどりばし》のたもとに座った。ここは運河の十字路になっていて、水辺を見張るという仕事には恰《かっ》好《こう》の場所である。

このところ本所《ほんじょ》・深川のほうがご無沙汰《ぶさた》なので、

――たまには来ないとまずいな。

と、思ったのだ。

だが、易所を開く早々、妙な客が来たのは、深川という土地柄ではないか。日《に》本橋《ほんばし》や神田《かんだ》の住人と比べると、ここらの人々はちょっと野放図《のほうず》というか、突飛な感じがする。

さっきの客は、何度も首をかしげながら帰って行った。美人が実は男という指摘が、よほど信じられなかったらしい。

名前は仁作《じんさく》といって、すぐ近くで下駄屋《げたや》をしているとのことだった。

たしかにモテ運というのは、男でも気になるものである。

民斎など、モテ運はこのところ、ぐんぐん低下している気がする。

微妙な関係の亀吉姐《かめきちねえ》さんとは、何日も出会いすらしない。

じっさい花唄《はなうた》が売れ過ぎて、夜遅くまでお座敷を回っているらしい。亀吉をお座敷に呼ぶ花代《はなだい》もうなぎ上りで、けちな宴会くらいでは呼ぶこともできないと聞く。呼べるのは、大名か札差《ふださし》などの豪商ばかりだそうだ。

当然、金も儲《もう》かってしようがないのだろう。

しょっちゅう母親のおみずが木挽《こびき》町の長屋に来るのは、亀吉におねだりしているからなのだ。

昨日も三原橋《みはらばし》のところで会ったら、

「いま、あの娘《こ》に店を一軒、買おうって勧《すす》めてるの」

と言っていた。おみずは尾張《おわり》町の裏手で〈ちぶさ〉という居酒屋をやっている。

「店はあるじゃないですか」

民斎がそう言うと、

「あんな貸家じゃなくて、自前の店を買うのよ。客も五十人くらいは一度に入れて、宴会もできるわけ。そしたらあの娘もあっち行ったり、こっち行ったりせず、自分の母親の店でじっくりいい唄を聞かせられるでしょ」

おみずはずいぶん虫のいいことを言った。

「それで亀吉さんはなんと言ってるんです？」

「それにあたしの住まいもつけられるなら、買ってもいいかなって」

「住まい？」

ということは、亀吉はあの長屋を出て行くつもりだということか。

「そう。そうすれば、あたしたち親子は何十年かぶりに家族団欒《だんらん》の場を持てるわけ。なんか凄いことだと思わない？」

「家族というのは亀吉さんと旦那の主水之介《もんどのすけ》さんとの三人ですよね？」

民斎は情けない気持ちになって訊《き》いた。

「そりゃそうよ。あたしは一人しか産《う》んでないもの。ああ、なんだかそれを考えると、浮き浮きしてくるの」

おみずはもうすっかりそのつもりらしかった。

亀吉とは、一時、民斎の部屋で、帯を解《ほど》く寸前までいったのである。

あれからどんどん遠ざかって行くような気がする。

しかも、亀吉との夜を邪魔した、行方知れずだった妻のお壺《つぼ》も、このところ姿を見せないのは、なんか不気味である。鬼堂家と敵対し、お壺の実家でもある波《なみ》乗《のり》一族の陰謀はどういうことになっているのか、誰か探っている奴《やつ》はいないのだろうか。

――ん？

めまいがしたのかと思ったが、違った。地面が揺れている。地震である。

橋が波打っている。崩れるのではないか。周囲に悲鳴があふれ、家々から人が飛び出して来た。

掘割《ほりわり》を見ると、三角になった妙な波が立っている。もしかしたら津波が来るかもしれない。早く水辺を離れたほうがいいと、民斎は立ち上がった。

だが、地震はそう長くはつづかず、すうっとおさまっていった。

さまざまな現象が途方もない天災の到来を告げている。

だが、いつ来るのかはわからない。

それでも民斎はその日に備えて支度《したく》をしなければならない。

「おう、でかかったな」

「近ごろ、多いよな」

などと、運河沿いの店から飛び出して来た者同士で話している。

今日は鬼堂家に伝わる秘宝の水晶玉を持って来ていないので、玉の予言はわからないが、たぶん短くて青い稲妻《いなずま》みたいなものが走ったのではないか。

地震がおさまったら、下駄屋の仁作のことが気になり出した。女はいつも昼九つ（正午頃）ごろにやって来ると言っていたから、そろそろである。

「あとで見に行く」

と約束もしたので、民斎は早じまいの支度を始めた。

三

仁作の下駄屋は、すぐ近くだった。

間口《まぐち》二間《けん》（約三・六メートル）ほどで、わずかな土間と上がり口の向こうに畳《たたみ》が敷《し》かれている。仁作は下駄をつくりがてら、売ったりもするのだろう。

下駄は、桐《きり》と杉《すぎ》、それと古材でつくった安い品も扱っているらしい。

民斎がちょっと離れて見ていると、まもなく一人の女が現れて、店の前に立った。

——あれか。

民斎はさりげなく、女の斜め前のほうに回り、顔をじっくり見た。

ほんとにいい女である。歳《とし》のころは二十七、八。細面《ほそおもて》の小さな顔で、鼻筋がすっととおり、やや大きめの口はむしろ色っぽい。

が、化粧はかなり厚い。男でないとは言い切れない。

女は、じいっと仁作のほうを見ている。

たしかに、惚《ほ》れた眼差《まなざ》しと言えないこともない。

あんないい女に見つめられて、嬉しくない男は、この世にいない。

仁作はだんだん赤くなり、茹《ゆ》だったような顔になっている。「なにか、用か？」と訊けばいいのに、それができない。見つめられていると思っただけで、のぼせてしまうのだろう。

やはり、相当に純情な男なのだ。もしもああいう男をからかっているのなら、許せない気がする。

女は熱い茶を一杯、いや二杯飲み干すくらいのあいだ、見つめていたが、ふいに踵《きびす》を返して歩き出した。

永代橋のほうへ向かっている。

民斎は後をつけてみることにした。

正体がわかれば、なんのために来ているかもわかるだろう。

女は永代橋を渡った。

霊岸島《れいがんじま》を新堀《しんぼり》沿いに歩き、湊橋《みなとばし》の手前まで来たときだった。

「おい、民斎！」

と、大声で呼ばれた。

見なくても、声でわかる。平田源三郎《ひらたげんざぶろう》。日本一の馬鹿上役。なんと、堀の向こう岸から偉そうに呼んでいるのだ。

民斎は聞こえないふりをして歩いたが、

「おい、民斎。聞こえないのか！」

と、ますます大声で怒鳴《どな》った。

周囲にいる人間は民斎をじろじろ見るし、追いかけている女も、なにごとかときょろきょろし始めた。

「お前、誰に怒鳴っているんだ？」

と、言いたい。

こっちは隠密同心なのである。それがかりにも十手《じって》を持った人間から大声で呼

ばれ、

「はい、なんですか」

と、返事でもすると思っているのだろうか。

だが、とにかく人の心を斟酌《しんしゃく》するとか、配慮だとか、そういう気遣いの類《たぐ》い
はまったくない男なのだ。

「民斎。呼んでるのに聞こえないのか？」

まだ叫んでいる。

民斎は尾行を諦《あきら》め、ため息を一つついて立ち止まった。

それから、平田が湊橋を渡ってこっちに来るのを待った。こっちからは意地で
も行くものか。

平田はそういうことは気にせず、向こうからこっちにやって来て、

「何度も呼ばせるんじゃない、馬鹿」

と、困った手下の相手をするみたいに言った。

「勘弁《かんべん》してくださいよ。わたしは尾行の最中だったのですよ」

「尾行？」

「そう。もしかしたら、抜け荷の一味かもしれない奴でした」

むかつくから大嘘を言うと、

「だったら、さっさと捕縛しろ、馬鹿」

ときた。

とにかく、こいつは詫《わ》びるということも知らないから、どうしようもないのだが。

「それで、用事はなんですか？」

「お前、亀吉姐さんと親しいよな」

平田は軽く頭をかいて訊いた。

「え？　ええ、まあね」

つい見栄《みえ》を張《は》り、

「それで、亀吉がどうかしましたか？」

さも自分の女みたいに訊いた。

「おれの座敷に呼びたいのだが、いま、順番待ちで半年ほど先になるらしいんだ。なんとかしてくれないか？」

「………」

これである。これが、わざわざ堀の向こうから呼びつけるような用事だろうか。

「いいな？」

「いや、無理ですね。亀吉はもうどうにもなりません。だったら、平田さまが亀吉の母親に頼めばいいじゃないですか。お知り合いでしょ」

厭味《いやみ》を言ったが、

「駄目《だめ》だ。いま、亭主といっしょに暮らしてるからな。頼みごとはしにくいんだ」

と、いけしゃあしゃあと言った。

「とにかく無理です。それじゃ」

民斎はムッとして、平田に背を向けた。

四

民斎は仁作の下駄屋にもどって来た。

仁作は、放心したように足を投げ出していたが、民斎がもどって来ると、

「見たよな？」

と、訊いた。

「うむ。見た」

「いい女だろ？」

「まあな」

「いい女だよ。まるで天女だ」

「それは言い過ぎだろうが、たしかにいい女だ」

「あれが、男ってことがあるか？」

「それはわからん。化粧は相当、厚かったからな」

「そうか……でも、いいや」

仁作は両手を下駄の鼻緒《はなお》につっかけ、かちかち鳴らしながら言った。

「なにがいいんだ？」

「いや、あんないい女なら、男でもいいやと思ったんだ」

「えっ。なにがくっついていてもいいのか」

民斎は呆《あき》れて訊いた。

「ま、それは気にしないようにするさ」

「気にしないたって……」

いざとなれば、気にならないわけはないと思うが、こうものぼせていると、なにを言っても無駄なのだろう。たとえ、丸太のようなものがついていても、許してしまうのかもしれない。

「ま、慌てるな。ほんとに、お前のことが好きで見ていたとは限らないぞ」

「だって、あそこに立っていたんだぞ」

仁作はさっき女が立っていたあたりを指差した。

仁作の仕事場からは三間（約五・四メートル）ほど離れた、路上のあたりである。

「ここだな」

と、民斎は女のいた場所に移った。

「そこから、おれのほうを見て、ほかになにか見えるか？」

「ううむ」

たしかに、人間は仁作しか目に入らない。

だが、仁作はなにもないところに座っているわけではないのだ。その後ろには、仁作がつくった売り物の下駄もあれば、暦《こよみ》も貼《は》られているし、変な格言も額《がく》におさまっている。

「なんだ、その額の格言は？」

「桃栗《ももくり》三年下駄八年だろうが」

「あんたが書いたのか？」

「まあな」

胸を張るほどの字ではない。顔とそっくりの字である。

「ふつうは、柿《かき》八年だろう」

「いいんだ、それで。これは、一人前の下駄屋になるには、八年かかるというのと、下駄にする桐の木も、苗木から下駄が取れる大きさになるまで八年かかるというのを引っ掛けたんだ」

たしかに桐の木の生長は早い。八丁堀《はっちょうぼり》の役宅にも一本植えてあるので、それはわかる。

「あんたがつくった格言なのか？」

「ああ。おれがつくった格言だ。まさか、これに感銘を受けて？」

「毎日、見に来るってか？　そんな馬鹿な」

民斎もいまのところ、首をかしげるしかなかった。

五

翌日の昼ごろである。
あのいい女が永代橋を渡って、仁作の下駄屋に来るのはわかっている。
――それなら……。
と、民斎は橋のたもとで女を待つことにした。
待つこと半刻《はんとき》（約一時間）。向こうから例の女がやって来るのが見えた。
縞《しま》の着物のせいもあって、なおさらすらりとして見える。
振袖《ふりそで》ではないが、鉄漿《おはぐろ》もしていない。
出戻りか。あの器量で独り身なら、よほどのわけがある。
「あ、これ、これ。そこの女」
民斎は声をかけるが、女はちらりと見て、通り過ぎて行く。
「そこの美人。縦縞の着物を着た美人」
民斎は大声を上げて呼んだ。
それでも無視される。

まわりの人が民斎の必死の顔を見て、女に、

「呼んでるぜ」

と、声をかけてくれた。

すると、女は振り向き、民斎を睨《にら》みながらやって来ると、

「なんだよ？」

と、脅《おど》すように言った。

そう言った声は、まぎれもなく男。

——やっぱり。

と思ったが、

「わしは易者なのだ」

しらばくれて話をつづけた。

「見りゃあわかるよ」

「そなたに妙な相が出ているのでな」

「なんの相だよ」

「棒が見えているのだ」

それは仁作に見えたものだが、こいつにも関係するかもしれない。

「そりゃあ棒は見えるだろうよ。男が女に化けてるんだ。股に棒をぶら下げてるよ。ふっといやつをな」

「はあ」

あまりの露骨な言いように、返す言葉もない。なまじ美人だから、下《しも》の冗談がやけに厭《いや》らしく聞こえる。

「道端《みちばた》で声かけて、くだらねえこと言っちゃあ、祈禱料《きとうりょう》でもむしろうって魂胆《こんたん》だろうが。この悪徳易者。誰が引っ掛かるか」

「そうではない」

「やかましい。これ以上つきまとうと、てめえ、ぶっ殺すぞ」

こっちの耳元に口を近づけて凄んだ。

こんなようすを傍《はた》から見ても、いい女が、調子のいいことを言って媚《こ》びを売ったというふうに見えるだけだろう。

この女形野郎《おやま》、たいした役者である。

民斎が呆れるのを尻目に、女形野郎は仁作の下駄屋のほうへ向かった。

民斎も慌ててあとを追いかけるが、顔を知られてしまったので、もう近づくことはできない。

離れて見ることにした。

女形野郎は仁作の店の前に立ち、やはり、じいっと見ている。昨日より、さらに色っぽくなったのではないか。

あとで仁作には教えてやるべきだろう。男でもいいと言っていたが、やはり男だと言ったら、さぞやがっかりするだろう。しかも、ろくな奴じゃない。さんざん仁作を悩ませると、女形野郎はくるりと後ろを向いた。

民斎は帰るところをつけることにした。昨日はしくじったが、今日はぜったいに逃《のが》さない。

女形野郎は、永代橋を渡ると霊岸島を抜け、右手に向かった。

武家地のなかにある真四角のかたちの町人地、松島町《まつしまちょう》。

ここは、あまり風紀のいいところではない。遊郭があったりするわけではないが、どことなく荒《すさ》んだ感じがする。

女形野郎もそのなかの長屋に入った。

近所の奴に訊いても、まともに答えそうもない。「おめえは誰だ?」ということになりそうである。

いちおう住まいがわかったので、民斎は引き返すことにした。

六

翌朝——。

民斎がこの日もまっすぐ深川に出て行こうとしていたら、

「民斎さん、おられたか？」

と、高畠主水之介《たかばたけ》が顔を出した。

「ああ、高畠さん。え、まさか？」

「なにがまさかかな？」

「家を買う話がまとまったのですか？」

「なんだね、それは？」

「おみずさんが、亀吉さんもいっしょに住める家を買うとか言ってましたが」

「ああ、くだらない話だ」

高畠は顔をしかめた。

「くだらないですよね」

「そりゃあそうじゃ。いつ、海の底になるかもしれぬ江戸で、家を買うなどというのは愚《ぐ》の骨頂《こっちょう》。わしは猛反対じゃ」

民斎は高畠を祖父の順斎《じゅんさい》に引き合わせていた。その順斎と話して、高畠は江戸に大地震が来るという、これまでの持論にいっそう自信を持ったらしい。江戸は完全に沈むことになったらしい。

「まったくです」

民斎もそっちの確信はないが、亀吉がいなくなるのは困る。

「ただ、娘はどう思っているのか。わしもおみずには反対できても、娘に言われるとな」

どうも、この人も頼りない。

「じゃあ、話はそのことではないのですね」

「そう、そう。じつは、あの水晶玉と、玉手箱の共通する点を考えてみたのさ」

「玉手箱？」

民斎は素《す》っ頓狂《とんきょう》な声を上げた。玉手箱というのは、たしかお伽噺《とぎばなし》の『浦島太《うらしまた》郎《ろう》』に出てくるやつじゃないか。太郎が開けると、お爺《じい》さんになったというやつ。

あんなものと、鬼堂家に伝わった水晶玉となんの関係があるのか。

「玉手箱というのは、たぶん知っているだろうが……」

高畠の説明を最後まで聞く気がせず、

「浦島が竜宮城《りゅうぐうじょう》の乙姫《おとひめ》さまからもらったやつでしょう。開けると爺《じじ》いになる」

と、思い切り短くして言った。

「さよう。その浦島太郎の話は、大陸側の島々を旅していると、ずいぶん耳にする話なんだ。もちろん秋津洲《あきつしま》（日本国）にも伝わって、わが国の古書である『日《に》本書紀《ほんしょき》』やら『風土記《ふどき》』などにも書かれている」

「そうなんですか」

「場所によって、いろいろ細かいところに違いがあるので、どれが本当の話かはわからない」

「本当の話？　いや、本当の話はないでしょう。どれも嘘八百《うそはっぴゃく》ですよ」

「馬鹿を申すな。桃太郎《ももたろう》の話を見たって、じっさいああしたことがあったというのは明らかではないか。昔の人は、ありもしない嘘八百を言ったりはしない。じっさいにあったことを誤解したり、脚色したりしているだけなのだ」

高畠主水之介は、民斎に嚙《か》んでふくめるように言った。

「じゃあ、じっさい、浦島太郎が竜宮城へ？」

「行ったんだろうな」

「そんな馬鹿な。亀に乗って？」

「亀に乗ったかどうかはわからない。単にいっしょに行ったというだけかもしれぬし、亀のかたちをした船だったかもしれぬ」

民斎の頭に、ちらりと、亀吉という名が浮かんだ。

「それで、竜宮城で乙姫さまと楽しくやって？」

「そこらのこともいろいろ脚色があるからな。ただ、海の底からなにか玉のような大事なものを持ち帰り、それが太郎に時を超《こ》えるような変貌をもたらしたのは確からしい」

「はあ」

なんのことだかわからない。

「それで、いま、わたしが思っているのは、平田派にとって大切な伝説が桃太郎の話だとすると、鬼堂派にとっての大切な伝説は浦島太郎ではないかということなのさ」

「なんで、あんなものが大切なんですか。桃太郎は鬼《おに》ヶ島《しま》から財宝を持ち帰るけど、浦島太郎は皆いなくなって、自分は爺いになるだけでしょうよ」

民斎はむっとして文句を言った。

「いや、そこもまた解釈次第でな……」

と、高畠のわけのわからない話は、延々とつづいたのだった。

七

高畠主水之介の話を聞かされているうち、まるで浦島太郎にでもなったみたいに時間が経《た》ち、深川に行くのが遅くなってしまった。

今日はもう、あの女も来て帰ってしまっただろう。

そう思ってまっすぐ仁作の下駄屋に行ってみた。

「よう、易者さん」

「どうかしたのか？」

仁作はやけに機嫌がいい。

「なあに、世のなかは顔だけで判断する女ばかりじゃねえってことよ」

「どういうことだ？」

「いつも来ていた女。やっぱりおれのことが好きらしいぜ」

「そうなのか？」

「いまさっき、あれの兄貴ってのが来てたんだ」

「兄貴?」

「妹が本気で惚れたっていうので、会いに来たんだそうだ。なんでも、おれの仕事ぶりがすっかり気に入ったんだとさ。それと、この桃栗三年下駄八年という額に書かれた格言も気に入ったらしい」

「この格言のどこが?」

ただの語呂《ごろ》合わせではないか。

「あの人の名前が、栗谷桃《くりたにもも》って言うんだそうだ」

「栗谷桃?」

なんだか嘘くさい名前ではないか。

「それで、兄貴はおれの気持ちを訊いたんだよ」

「お前、なんと答えた?」

「もちろん、嫁にもらいたいと言ったよ」

「言ったのか……」

やはりまずいことになるだろう。

だが、なんで、こんな奴を騙《だま》しにかかったのか。

「あんた、近ごろ、なんか、変わったことはなかったか?」

と、民斎が訊いた。

「変わったこと?」

「棒で殴られたとか?」

「ああ」

仁作はなにか思い出したらしい。

「あったのか?」

「おれじゃねえ。この先に、女の化粧の道具を売る店があるんだ。そいつもおれと同様、顔は不細工で、だから友だちになっていたんだけど、このあいだ、誰かに殴られたんだ」

「棒でか?」

「たぶんな。おれが声をかけたとき、返事がないんで、帳場の裏を覗《のぞ》いたら、誰かが逃げ出したんだ。それで、おれがしっかりしろと言うと、『こ、これを』って、持ってたものを差し出してすぐ、ことりと」

「死んだのか?」

「ああ。それからは町方《まちかた》が駆《か》けつけたりして大騒ぎだよ」

「………」

民斎は口にこそ出さないが、思い出していた。ひと月ほど前に起きた人殺しである。水辺ではないので、民斎は関わっていないが、まだ下手人《げしゅにん》は上がっておらず、平田もずいぶん焦《あせ》っているようだった。

「差し出したのはなんだ？」

「それがこれなんだよ」

と、取り上げたのは、汚らしい古木だった。

八

それから半刻ほどして——。

「おう、待たせたな」

栗谷桃の兄貴とやらがもどって来た。すっきりしたいい男である。肩で風を切って来たが、その肩はほっそりしている。

「あれ、仁作は？」

「いま、床屋《とこや》に行ってるよ」

民斎は畳敷きのほうに上がり込み、後ろを向き、木を削《けず》りながら言った。

「床屋？　なんでまた？」

「いい女に惚れられて、しかも、女がいっしょになりたいと言ってるんだって？」

「そうなんだよ。おれの妹なんだがな」

「自分もちょっとでも磨《みが》いてきたくなったみてえだ」

「ちっ。そんなことはいいのに。もうじき、妹が来てしまうぜ」

「でも、あんな不細工な男のどこがいいんだよ？」

民斎は、手ぬぐいで顔をぬぐうようにしながら訊いた。

「男は顔じゃねえよ」

「そりゃあそうだけど、ただ見かけただけでいっしょになりたいだなんて、あんたの妹もよっぽど物好きだよな」

「大きなお世話だよ。ところで、おめえは誰だい？」

「おれは仁作の友だちだよ」

「下駄つくってるみてえじゃねえか」

「ああ。あいつがもどるまで暇《ひま》だから、下駄つくってみようかと思って」

「思うって、木とかは？」

栗谷桃の兄貴は不安そうに訊いた。

「木は、野郎がもらって来た古木を使うのさ」

「あ」

「なんだい？」

「やめろよ」

慌てたように言った。

「なにがやめろよ、だよ」

「その木を削ったりすると、怒られるぜ」

「怒られねえよ。こんなもの、いちばん安い下駄にするための古木で、使ってくれていいって仁作も言ってたぜ」

「馬鹿野郎、知らねえぞ」

「あんた、なに、焦ってんだよ」

「焦っちゃいねえよ」

「これはさ、そっちに〈賀茂川屋《かもがわや》〉って、化粧品屋があるんだけどさ、そこのあるじからもらったらしいんだ」

「そうなのか」

「あるじの形見《かたみ》だよ。あるじ、殺されちまったよ」

「へえ」

「そいつも仁作と同じブ男でさ、美人に弱いんだよ。それで出入りしていた女というか、ほんとは女じゃなかったんだけど」

「お、女じゃねえって、なんだよ。女形か」

自称兄貴は、声を上ずらせて言った。

「ほんとの女形ではないが、たぶん女形のなりそこないじゃないかな。でも、賀茂川屋のあるじはそんなこととは知らず、調子のいいことを言って迫って来る女形のなりそこないにぞっこんになっちまったんだ」

「…………」

「そいつはなんのために、賀茂川屋に近づいたと思う?」

「さあ?」

「香木《こうぼく》を騙し取ろうとしたんだよ。賀茂川屋は、知らないで、とんでもなく貴重な流木を持っていたんだ」

「…………」

「なんでも、鎌倉《かまくら》の海で拾ったものらしいぜ。流木ってのは、シャムだの天竺《てんじく》だ

の、遠い国から流れて来るものがあり、その中に貴重な香木が混じっていること
があるんだってな」
「へえ」
桃の兄は、かすれた声でうなずいた。
「賀茂川屋はそういうこととは知らず、ただ、いい匂いがするから、自分のとこ
ろでつくる化粧品に混ぜてみようと思っていたらしいや。ところが、女形のなり
そこないは気づいたんだな。それが香木で、しかも伽羅《きやら》という最高級のものだっ
てことに。なにせ、織田信長《おだのぶなが》が切り取ったとかで有名な、東大寺《とうだいじ》の蘭奢待《らんじやたい》とかい
う香木といっしょなんだそうだ」
じつは、もっと小さなものだが、順斎の地下の部屋にも伽羅の流木がある。そ
の自慢をされたことを覚えていたのだ。
「………」
「それで、女形のなりそこないは、色仕掛けでそれを奪おうとした。もともと、
賀茂川屋はそっちのほうが好きだったんだろうな。だが、最後の最後でやっぱり
こいつは怪《あや》しいと思ったんだろう。くれと言われるのをやらないと言うので、わ
きにあった心張棒《しんばりぼう》であるじの頭を殴りやがった」

「…………」

「そこへちょうど、友だちの仁作が訪ねて行ったのさ。女形野郎は香木を奪おうとしたが、あるじは最期の力を振り絞って離さない。しかも、仁作が上がって来る気配だったので、女形野郎はどうせ誰も価値はわからないだろうと、いったんは逃げ出したのさ」

「…………」

「あるじはいまわのきわに、香木を仁作に渡した。仁作はてっきり、これで下駄をつくれという意味だろうと思ったのさ」

「…………」

「それからは面白かったぜ。女形野郎は訪ねて来たのが下駄屋の仁作だってことは突き止めたんだろうな。それからはここに来て、この香木があるかどうか確かめながら、色仕掛けだよ。しゃべると男だとばれるから、黙ってじいっと見つめるんだ。仁作もモテたことがないもんだから、すっかりのぼせちまいやがった。それが栗谷桃ちゃんだよ」

「誰だ、てめえ？」

と、栗谷桃の兄貴――というより、男にもどった女形野郎は言った。

民斎はそこまで俯《うつむ》きがちでいたのだが、顔を上げ、

「会っただろ。昨日」

と、言った。

「てめえ、橋のたもとのところにいた易者じゃねえか」

「そう。仁作は、ほんとにモテているのか不安になって、おれに相談してきた。おれは仁作の運勢を占い、お前の悪事に辿《たど》り着いたってわけ」

「てめえ」

女形野郎は懐《ふところ》に手を入れた。匕首《あいくち》でも隠し持っているらしい。

「あいにくだ。ほら、仁作が町方を呼んで来た」

嘘ではない。仁作がこっちに駆けて来ている。

しかし、あろうことか、いっしょに走っているのは平田源三郎ではないか。

「あ」

女形野郎が逃げようとしたところに、民斎は持っていた香木を投げつけると、見事に命中。女形野郎は頭からちょっとだけいい匂いをさせながら、地面に倒れ込んでいった。

あれが棲《す》む家

一

鬼堂民斎は、驚いた。

水晶玉の色が異常なのだ。ふだんは薄青い色だったり、その青が濃《こ》くなったり、要は海の色に近いのだが、いまはまるで燃えているように真っ赤なのだ。

しかも、かなり大きくなっている。

「なんだ？　なにがあるんだ？」

地震か。大津波か。

すでに方々でそんな予感があるのだ。

伊豆《いず》の寺では、坊さんたちにお告げがあったと騒いでいる。

亀吉姐《ねえ》さんも、なにやら暗示めいた唄《うた》を流行《はや》らせた。

その日がついに来るのだ。

だが、用意はまったくできていない。この江戸でも、できるだけ大勢の人を乗せられる巨大な船を建造したいが、まだ足場さえできていない。資金の目途《めど》も立っていない。

——とりあえず、なんとかしないと。

民斎は、水晶玉に触れた。熱くなっている。これ自体が爆発でもするのではないか。

冷やしてみようか。この水晶玉の力みたいなものを鎮《しず》めれば、本物の地震や津波も鎮まってくれるかもしれない。

ほかに方法は思いつかない。

とりあえず、井戸から水を汲《く》んできて、水晶玉にかけてみた。

じゅわっ。

と、音がして、かけた水はたちまち蒸発した。

しかも、水をかけたら、ぐぐっと一回り大きくなった気がする。

——こんなんじゃ駄目《だめ》だ。

こいつには、もっと大量の水が必要なのだ。

「海に漬《つ》けよう」

民斎は長屋を出て、水晶玉を舟まで持って行こうとした。ところが、

「あっちっちっ」

持てやしない。いったいどうしたらいいのか。

――そうだ。

これを海辺まで転《ころ》がしていくことにした。

民斎は部屋に戻ると、火鉢から炭を摑《つか》んだりする火箸《ひばし》を取り、これで突っつくようにして水晶玉を動かし始めた。

丸いので、よく転がってくれる。

ただ、転がすたびに大きくなっていく気がする。

「雪だるまじゃねえんだぞ」

民斎はそう言ったが、水晶玉は大きくなる一方で、もはや直径も民斎の背丈《せたけ》を超《こ》えている。

「こりゃ、まずい。急がないと」

早く海まで辿《たど》り着かないと、とんでもないことになる。地震や津波の前に、江戸が焼き尽くされてしまうだろう。

民斎は突っつきながら足を速めるが、道に迷って、木挽町から八丁堀のほうに来てしまった。

もう、水晶玉は、民家の屋根の倍ほどもある。

「あっ、あっ、どうしたらいいんだ！」

「民斎、民斎」

誰かが呼んでいる。

「ん？」

民斎を揺さぶっていたのは、きれいな女――だが、亀吉姐さんでも、お壺でもない。もちろんおみずでもない。

「あ、姉貴」

民斎の一歳年上の姉、みず江《え》だった。

まったく、亀吉の母の名はおみずだし、姉はみず江だし、自分の周りにはどうしてこう水っぽいのが集まるのだろう。

「あんた、うなされてたよ」

「うなされもするよ、水晶玉があんなになってんだから」

「どんなに？」

「火の玉のように……」

民斎は枕元に置いて寝た水晶玉を見た。

「あ、あれ？」

いつものように、きれいな青い色をしている。ヒビが稲妻みたいに光ったりもしていない。正月やお盆《ぼん》には、床《とこ》の間に飾りたいくらいである。

「夢だよ」

「夢かあ」

そりゃあ夢だろう。だが、夢にしては、やけに生々しかった。

「水晶玉が、夢のなかでどうかなったのか？」

「もの凄《すご》く熱くなって、ふくらんでいた」

「ふうむ」

「この水晶玉は、海中の奥深くにあったものらしいんだ。だから、おれは海に入れて冷やすのがいいかもしれないと、夢のなかで思ったんだろうな」

「なるほどな」

海に入れるとどうなるのか。夢だとしても、結果を見てみたかった。

「それより姉貴、カステラ屋は？」

この姉はもともと女なのに男として育てられ、いざ女の暮らしにもどるように言われたらぐれてしまい、いまは両国《りょうごく》でカステラ屋を始めて大繁盛《だいはんじょう》しているのだった。

「やめたよ」

「あんなに流行ってたのに？」

相撲《すもう》取りが列をつくる店としても評判だったのだ。

「もう、金はうんざりするくらいできたよ」

「どれくらい？」

「ざっと二万両」

「そんなに？」

「食いもの屋ってのは、当たるとでかいんだよ。カステラは値が張るし、近所のおばちゃんたちに手伝わせて、どんどんつくって、売りまくったから」

「どうすんだよ、二万両も」

とても一人で使い切れる額ではない。百両もあれば、一生遊んで暮らせる。

「世のため、人のために使うしかねえだろうが」

みず江は、まだ男っぽいままの口調で言った。

「それで、巨大な船を造るってのはどうだい？」

「船？」

「江戸が大地震と大津波に襲われたとき、それに人や生きものたちを乗せて逃げるんだよ」

「生きものって、犬とか猫も？」

「もちろんだよ。ふくろうもな」

民斎は上のほうを見て、ふくろうの福一郎《ふくいちろう》にも聞こえるように言った。

「そりゃあ、いいね」

「いいだろう。金さえ集まれば、すぐにも建造に着手したいんだ」

「でも、幕府がそういうものを造らせるかね」

「駄目か？」

「世の中を不安に陥《おとしい》れ、騒がす不埒《ふらち》な者ってんで、牢《ろう》に入れられるのがオチだと思うぜ」

「それはあるよな」

民斎は頭を抱えた。

「わかった。おれもいろいろ動いてみるよ」

「動く？」

「ああ。おれのカステラは、幕閣なんかにもずいぶん買ってもらっていた。そっち方面から突っついてみるよ。なあに、おれがちっとおしゃれして、カステラの包みでも持って行けば、たいがいの話は通るのさ」

たしかに、みず江が化粧したときの色っぽさというのは、ただごとではない。

そういえば、いざ、ことが起きたとき、この姉が頼りになるとか言われていなかったか？　もしかして、これがそういうことなのかもしれなかった。

二

民斎は、今日も木挽町の長屋から近い三原橋のたもとに座った。

変な夢を見たせいか、なんとなく身体《からだ》に力が入らない。頭もぼぉーっとしている。

もう、こんなことをしている場合ではなく、すぐさま船造りに取り掛かるべきかもしれないが、こうして市井《しせい》に身を置き、世の動向を見守るのも大事な気がするのだ。

とりあえずしばらくは、姉の動きを静観するのがいいかもしれない。

それに、いろいろ動き始めたらしい高畠主水之介からも、

「鬼堂家の頭領《とうりよう》は、いざというときこそ動くべきなのです。いまは、落ち着い

て構えていてください」

と言われていた。

それにしても、世はなんと平和なのか。三原橋を行き来する老若男女《ろうにやくなんによ》の顔はなんと穏やかなのか。足取りはなんとゆったりしていることか。

大半の人々は、穏《おだ》やかな秋の日々を、おっとりと楽しんでいるではないか。易者《えきしや》などをしていると、悩みを抱《かか》えた者ばかりと話すことになるが、おおかたの人間は易者のところになど来ない。もちろん、幸せがはち切れそうな奴《やつ》は少ないにせよ、幸不幸、どうにか折り合いをつけられるくらいでやっていけているのではないか。

こういう穏やかな世に、

「もうじき、大地震が来るぞ、大津波に襲われるぞ」

と言って回ることが、果たして彼らのためになることなのか。

そうやって、毎日、いつ来るかと不安になり、これまで築いてきた暮らしも捨てて、船に乗る支度《したく》をさせることが、果たして彼らの望むことなのか。

大地震や大津波？　そりゃあ、やって来るだろうよ、いつかは。

だが、それだけじゃないぜ。不慮の事故や、予期せぬ病。それだって、いつ、襲って来るかわからないんだ。

そんなこと、くよくよ考えるより、いまを楽しく生きたほうがいいだろうよ。

桜が咲いたら、花見に行こう。

貝が育ったら潮干狩《しおひが》り。

夏の夜は花火がきれい。

秋が深まれば紅葉《もみじ》狩り。

江戸ってところは、楽しみはいっぱいあるんだ。

大地震？　大津波？　そりゃ来るさ。だから、どうだって言うの？

それが、大方《おおかた》の江戸っ子の本音《ほんね》ではないか。

そんなことを思うと、民斎はいささか憂鬱《ゆううつ》になってしまうのだった。


「おい、易者さん」

目の前に客がいた。

「大丈夫？」

若い男が民斎を心配そうにのぞき込んでいた。

「ああ、大丈夫だ」

「深刻そうだったぜ。悩みでもあるの？　相談に乗ろうか？」

「いや、いい。悩みがでかすぎて、相談できるようなことではないからな」

「へえ」

「それより、あんたが相談したいんだろ。たいした悩みじゃなさそうだがな」

目の前の男は、歳《とし》は二十歳よりちょっと上か。背が高く、美男である。腕のいい職人らしい、てきぱきした感じがする。

この男は、女にモテるだろう。

着物は贅沢《ぜいたく》ではないが、さっぱりしたものを着ている。

顔色はよく、丈夫そうで、こいつが病気だったら、世のなかに病気じゃない奴はいない。

だから、そんなたいそうな悩みであるはずがないのだ。

「人を見た目で判断しちゃいけないぜ」

「それはしないけどさ」

「この十日ばかり、懸命《けんめい》に考えても、答えは出ないんだ。もう、こうなったら、占いにでも頼るかと思ったんだよ」

「ああ、頼ってくれ」

民斎がうなずいたとき、頭の片隅《かたすみ》をすっとなにかの影がよぎった。

こういうのは勘《かん》なのである。今日は、勘は悪くない。

「じつは……」

「生きものに関わることかい？」

「生きもの？」

「狐《きつね》みたいな」

「あんた、鋭いね。なんでわかったの？」

「頭の隅を狐みたいな影が走ったんだよ」

「なるほど。ただ、狐かどうかはわからないよ。じつは、半月ほど前、おやじが中風《ちゅうぶう》で急死しちまったんだ」

「それはご愁傷《しゅうしょう》さま」

「ま、仕事では棟梁《とうりょう》といわれる立場になったし、倅《せがれ》五人と娘三人も無事に成長したし、おやじもそうは思い残すこともなかったと思う。ただ、自分が余生を送るためにつくろうとしていた家が、半端《はんぱ》になっちまってね」

「ほう」

「場所はいいんだ。築地《つきじ》の先に明石《あかし》町ってところがあるだろ」

「ああ、景色のいいところだ」

「そう。そこに八十坪《つぼ》ほどの土地を買って、家を建て始めた。これが、変な家でさ」

「どんなふうに変なのだ？」

「尻尾《しっぽ》があるんだよ」

「家に？」

「そう。おいらは、最初、尻尾とは思わなかった。ただ、裏側の屋根のところから、細い帯みたいなものがいっぱい垂《た》れていて、なんだ、こりゃ？　とは思ったけど、おやじのやることだから、黙って見ていたんだよ。そうそう、言い忘れたが、うちは屋根屋をしててね」

「屋根屋？」

屋根屋というのはあまり聞いたことがない。

「そう。ま、大工だったのが、屋根専門になったようなもので、瓦《かわら》の上等なものを選ばせて葺《ふ》いたり、屋根の飾りを工夫してみたり。長屋なんかつくるときは呼ばれないが、大店《おおだな》の家を建てるときとかは、けっこう声をかけてもらえるんだ」

「なるほど」

「そういう商売だから、いろんな屋根は知っていたが、尻尾のある家ってのは見たことがねえ」

「おれもないな」

「それで、海のほうを向いた屋根の突端については、まだ仕上げていなかった。なにか、瓦を置くつもりだったんだろうけど、わからねえ。おやじは、なにをするつもりだったのか？　けっこう意気込んでいたから、なにかしたかったには違いねえ。それなら、せめて叶《かな》えてあげようと思ってな」

「そりゃあ親孝行だ」

「まあ、いろいろ心配かけたんでな」

「図面は残してないのか？」

「ないんだよ」

「ふうむ」

　民斎は唸《うな》った。

「難しいかい、占うのは？」

「いや。そんなことはない。ただ、おそらく風水という方法で観《み》ることになるだろうが、それには現地を見たほうがよい。いまから行って、見せてもらえぬか」

「ああ、いいよ」

木挽町から明石町は、たいした距離ではない。

民斎は立ち上がった。

三

道々訊《き》くと、この若者の名は勇太《ゆうた》。

もちろん屋根屋をしていて、八丁堀の長屋に一人住まいしながら、おやじの仕事場に通っていたらしい。

「そこだよ」

「こりゃあ、いいところだ」

「そうなんだよ」

明石町は本当に景色のいいところだった。

後ろが三角形の船溜《ふなだ》まりになっていて、明石町は町全体が突端のようになっている。このため、見渡す限りが海なのだった。

「しかも、二階建てだ」

「まあ、屋根屋の意地を見せたのかもしれないね」

「おやじさんが住めなくなったわけだから、あんたが住むのか？」

「いや、おいらは末っ子だからね」

「そうなの？」

「ただ、兄貴たちも皆、自分の家を持っているから、兄貴たちにお前が住めと言われたら、おいらが住むことになるかも」

「住めばいい。こんないいところ」

民斎はそう言ったが、津波のことがちらりと浮かんだ。

もし、大津波が来たら、いちばん最初にさらわれるのもこの家だろう。

「そうなんだが、ただ、この家はいいことばかりとは限らないぜ」

「尻尾か？」

「そうじゃなくて、この近所の連中に言わせると、ここに住むのはやめたほうがいいって」

「なぜ？」

「なんかがいるって言うんだよ」

「なんか？」

「ああ。なにがいるって訊いても、それはわからないと。ここはほんとは町の皆で金を出して神社にしたかったんだけど、あんたのおとっつぁんが買ってしまったと。だから、おいらは、ここらじゃあまりいい顔をされてねえんだよ」

「ほう」

「とにかく見て、占ってくれよ」

「ああ、そうしよう」

まずは、家を遠目に見ながら、一回りした。

「これか」

なるほど裏の屋根のところから、細い帯のようなものがいっぱい出ている。色は茶や黄土色、黒やねずみ色など、いろいろ交ざり合っている。

たしかに、どう見てもこれは尻尾である。

民斎は風水表を取り出した。

これと家の向きを合わせながら観て行くことにする。

そのとき――。

「あ、やっぱり尻尾をつけやがった」

「ふざけやがって、あのじじい」

「こっちがぶっ殺す前にくたばりやがった」

などと騒ぐ声がした。

見ると、いかにも柄《がら》の悪い、おしきせの着物みたいに商売が明らかになる人相の男たちがいた。

やくざ。

しかも、五人ほど。

「てめえか。あのじじいの息子は？」

やくざは勇太の胸倉《むなぐら》を摑み、いまにも殴《なぐ》りかかるところだった。

四

「おい、なにをする？」

民斎は駆《か》け寄った。

「てめえは関係ねえ。怪我《けが》したくなかったら、引っ込んでろ」

やくざは息巻いた。

「そうはいかぬ。この人はおれの客なのでな」

「なんだと。ふざけやがって」

やくざたちは、勇太を突き飛ばすと、民斎にかかってきた。

「わからぬ奴らだな」

最初に殴りかかってきた男の腕を取ると、捻《ひね》り上げながら、投げ捨てた。

「あ、痛たたた」

地面を転げ回る。

肩の関節を外《はず》してやったのだ。

「てめえ、この野郎！」

次の男がおなじみの台詞《せりふ》を怒鳴《どな》った。こういう奴の次の台詞は、かならず「覚えてやがれ」になる。

民斎の強さは薄々わかったらしく、うち二人は匕首《あいくち》を抜いた。

「おいおい、物騒なものを持ち出すと大怪我するぞ」

民斎も腰に一本差している。

すばやく抜いて、峰《みね》を返した。

「野郎！」

構えもへったくれもなく匕首で斬《き》りかかってくるのを、思い切り峰で打ち返す

と、
　ぱきーん。

　と、匕首は鍔《つば》近くで折れ、わきにいた手ぶらのやくざの足に突き刺さった。

「あ」

「兄貴、なんだよぉ」

　慌《あわ》てふためくのをわき目に、民斎はもう一人の匕首を持ったやくざに突進し、これは胴を払った。

「ぶふっ」

　あばらが二、三本は折れたはずである。

「まだ、やるか！」

「わかった。やめる」

「次は首を五つ並べてやるぞ」

「すみませんでした！」

　怪我人を抱えながら、やくざは逃げて行った。

「ありがとうございます。助かりました」

　勇太が頭を下げ、礼を言った。

「なあに、どうってことはない。だが、あいつら、なぜ怒っていたんだ？　なにやら、この尻尾が気に入らないみたいだったぞ」

「そうみたいでしたね」

「ほんとになんなのだ。この尻尾は？」

「そう言えば、おやじは、この尻尾のことを人助けの尻尾と呼んでましたっけ」

「人助けの尻尾だと？」

民斎は首をかしげた。そのとき、
ダッボーン。

という水の音がした。小石を投げたような音ではない。相当重いものが飛び込んだはずだ。

この家のすぐ裏である。

「なんだ？」

「誰かが飛び込んだみたいですね」

民斎と勇太は裏に回った。

そこは船溜まりになっていて、波紋が広がっていた。そこになにかが落ちたか飛び込んだかしたのは間違いない。

水は濁《にご》っているので、上から眺《なが》めてもよくわからない。人が落ちたなら、もがいたりするだろうが、そんな気配もない。

しばらく浮かび上がるものはないかと見ていたが、なにも浮かんでは来なかった。

五

「では、いまから占うぞ」

と言って、民斎は勇太といっしょに三原橋のたもとまで引き返した。

机に広げた紙に、東西南北という文字と、いま見て来た家を描き、目を閉じた。風水を基本にした民斎独自の霊感占いである。すると、思いがけない光景が浮かんできた。

江戸湾の向こうから、高い海の壁が押し寄せて来る。大津波である。

それが、あの家にぶつかって……。

「あ」

民斎は目を開けた。

「どうしました?」

「あの家の狙《ねら》いがわかった」

「なんなんです?」

「お前のおやじというのは、ちと、変わった人だったか?」

「変わってるというか、この一年ほど、変なことを言うようになっていました」

「変なこと?」

「そう。もうじき大地震が来るとか、大津波が来るって」

「やっぱりそうか」

「なんなんです?」

「あの家は、家ではない。船なんだ」

「船?」

「そう。大津波が来ると、あの家はいちばんに波をかぶることになる」

「そりゃあそうでしょうね」

「すると、あの家はごろんとひっくり返って、向こうの船溜まりに浮くようになっている」

民斎がそう言うと、勇太は家の場所とかたちを思い浮かべたらしく、

「ほんとですね」

と、言った。

「ふつうの家より、屋根のつくりが頑丈《がんじょう》だったよな」

「船底だと思えば納得します」

「それで、津波をやりすごし、引き潮に乗って海原《うなばら》に漕《こ》ぎ出すという魂胆《こんたん》だ」

「おやじも凄いことを考えたもんだなあ」

と、勇太は感心した。

「舳《へ》先《さき》のほうはまだ未完成だが、あれはたぶん、津波でいったん陸地のほうに流されるとき、なにかにぶつかっても大丈夫なように、鉄板なんかを張るつもりだったんじゃないか」

「では、尻尾は？」

「尻尾は不思議だな」

「どういうわけか、やくざを怒らせるんですよ」

「やっぱりそれは、やくざに訊くしかないな」

と、民斎は立ち上がった。

六

本願寺《ほんがんじ》の裏あたりで訊くと、築地界隈《かいわい》ででかい顔をしているのは、鮫二郎《さめじろう》という漁師上がりのやくざらしい。

家は鉄砲洲《てっぽうず》にあった。

民斎と勇太が家の前に立つと、

「あ、さっきの男だ」

「なんだ、てめえは」

玄関口で見覚えのある若い者たちが喚《わめ》いた。

どうやら、またぶちのめされるのではないかと、怯《おび》えているらしい。

「親分に訊きたいことがあるんだ」

「な、な、なんだ、てめえは？」

「おれは、こんな恰好《かっこう》をしているが、南町奉行所の同心だ」

民斎がそう言って十手《じって》を見せると、勇太が「え？」と、驚いてこっちを見た。

若い者は裏返った声で、

「ど、同心さまで」

「がたがたぬかすと、全員、しょっぴくぞ」

「ひえっ」

二人はあっさりと民斎らを奥に通した。

鮫二郎はもう六十過ぎの痩《や》せた男だった。

孫らしき男の子を膝《ひざ》にのせ、縁側《えんがわ》でぼんやりしていたらしい。

「ああ、子分に聞きました。あの家の尻尾のことで怒ってそこの兄さんを脅《おど》したら、突如《とつじょ》、現れた易者みたいな人にやられたって」

「あんたは、あの家の秘密を知ってるんだな？」

「ええ。あの棟梁は、来《きた》るべき大地震と大津波のため、あの家をつくったんでさあ」

「信じたのか？」

「ええ。もともと、あっしもそういうときが来るんじゃないかと思っていましたから」

「それで？」

「いくらやくざが突っ張らかったって、大地震と大津波には勝てねえ」

鮫二郎は情けない顔で、孫の頭を撫《な》でた。

「そりゃあ、そうだ」

「でも、あの棟梁はちゃんと方法を考えていた。あそこに船を造るんだと。普段は家のかたちをしているけど、津波が来てひっくり返されると、船になるんだと」

「自分で言ったんだな？」

「言いました。おれは感心し、いざというときは乗せてくれと頼んだんです」

「なるほど」

そのときは、孫もいっしょに連れて行くつもりだろう。

「すると、考えておくが、いま、船を完成させるのに資金が足りないって言いやがったんです」

「そりゃあ、ただではつくれないわな」

「あっしは乗せてもらいたい一心で、棟梁に五十両も寄付した」

「乗せてもらえることになったのか？」

「ところが、そうじゃねえ。あそこには人だけでなく、いろんな生きものも乗せるらしい。それから、女子どもを優先するらしい」

「そりゃあ、いい」

「おれだって、五十両、出しただろうと文句を言うと、だったら、船に尻尾をつけるから、それに摑まれとぬかしやがった」

「あ、なるほど」

民斎は手を叩《たた》いた。

勇太も後ろで、

「そうかあ！」

と、感心した。

あの尻尾は、命綱になるものだったのだ。

船には一人でも多く乗せたいだろうが、将来を考えたら、女子どものほうを優先して乗せたいのは本音だろう。だが、そんなことを言われれば、五十両も出した親分が怒るのも無理はない。

もっとも、乗せることはできないが、あの船の後ろにくっつける尻尾の帯に摑まれば、溺《おぼ》れずに済むかもしれない。少しでも多くの命を救うためには、近所の評判になど耳を貸さなかったのだ。

「あの帯は何本くらいあるんだろうな」

「三百本あるって」

「三百本か」

すると、三百人、いや、一本には何人も摑まることができるだろうから、数百人もの命を救うことができる。

本来、役人が考えるべきことを、あの棟梁が考えていたらしい。

民斎はつくづく感心した。勇太も感激したらしく、目をうるうるさせている。

しかし、どうやって津波のことを予知したのか。

どうも、ある種の勘が働く人たちが、いま、大地震や大津波の到来に、本気で怯え始めているようだった。

七

「ところで、あの家には変なものがいるらしいな?」

と、民斎は訊いた。

「ああ、いますよ。おれもあの辺りの奴に言われて、見に行ったのが、棟梁の話を聞くきっかけになったんです」

鮫二郎はうなずきながら言った。

「なんなんだ？」

「わからねえんです」

「棟梁には訊いたのか？」

「それが、教えねえんです。そんなものはいねえと言うが、間違いなくいます」

鮫二郎はそう言って、ぶるぶるっと震《ふる》えた。

「ほらね」

と、勇太が後ろで言った。

「見たのか？」

民斎は鮫二郎に訊いた。

「影をね」

「狐か？」

「いや、狐とは似ても似つかねえものでした」

「どんな影だ？」

「頭がたぶん二つ」

「二つ？」

「上と下に」

「それから？」

「手足はいっぱいありました。もしかしたら、八本くらい」

「なんだと？」

蛸《たこ》か。だが、蛸に頭は二つもない。

「あとは尻尾もありました」

「尻尾も？」

「それでしゃべる」

「人の言葉を？」

「たぶん。はっきり聞こえたわけじゃねえんですが」

「化け物じゃないか」

「化け物でしょうな」

老やくざが、怯えた顔でうなずいた。

「おやじが成仏《じょうぶつ》できてないのかも」

と、勇太が言った。

八

木挽町の長屋にもどっても、明石町の船になる家のことが頭から離れない。

――じつにたいしたもんだ。

と、また感心した。

民斎はとにかく大勢の人間を乗せるための、馬鹿でかい船ばかり考えていた。

だが、ああした船になる家を、たとえば町内に一軒ずつつくっておけば、ずいぶん多くの人を助けられるのではないか。

ただ、気になるのは、棟梁の家にいるという化け物である。

いったいなんなのか。

正体をさぐるため、夜にもう一度、見に行くことにした。

長屋を出ると、

「ほっほう、ほっほう」

と、ふくろうの福一郎が鳴いた。

「大丈夫だ。お前はここで待っていろ」

そう言って歩き出そうとすると、

「あら、民斎さん」

亀吉姐さんとばったり会った。

湯屋の帰りらしい。洗い髪の匂いがやけに色っぽい。

「あ、姐さん」

「いまからお出かけなの、民斎さん？」

「うん。ちょっとね」

民斎は、勿体《もったい》ぶった。

「やあね、悪いとこに行くのね」

「悪いところなんて行かないさ」

「じゃあ、教えてくれたっていいでしょ」

どことなく甘えた口調である。

こういうときこそ、強く押すべきではないか。

「いっしょに行ってくれるなら、教えてもいい」

「いっしょに？」

「そう、二人きりで」

「いいけど」

と、亀吉は言った。

内心、「やったあ」と叫びたい。

月は十八日。雲もなく、充分、明るい。こういうときは女も安心感があるから、大胆になる。だが、ちょっと物陰に入れば、そこは真っ暗である。もちろん民斎は、真っ暗なほうに入る気、満々である。

「じつは、化け物を見に行くんだ」

「えっ」

怯えた顔をした。やっぱり駄目かもしれない。

「でも、民斎さんがいっしょなんですものね」

「怖かったら、しがみついてくれてもいいぜ」

「やあね」

そう言いながら、亀吉は風呂《ふろ》道具を家に置いて、また、やって来た。

海風になぶられながら、明石橋のところまで来た。単衣《ひとえ》の着物の裾《すそ》がめくれ、それもまた色っぽい。

「あの家にいるんだ」

民斎は橋の向こうの家を指差した。

「変わった家なのね」

「ああ」

尻尾が風になびいている。大きな狐が空を飛んでいるようにも見える。

「あ?」

亀吉が息を飲んだ。

民斎もそれを見た。

船溜まりのほうから、なにかが棟梁の家の軒先に這《は》い上がっていくところだった。

「あれが化け物?」

「そう言われているものかも」

「でも、化け物じゃない」

「ああ」

それは海亀だった。それもとびきり巨大な。

海亀は家の軒先のところまで這い上がると、なにかを待つように首を持ち上げた。

死んだ棟梁が餌付《えづ》けでもしていたのかもしれない。

それを近所の者が化け物のように思ったのか。

だが、やくざの鮫二郎が見たというのはなんだったのか。

そのときだった。家の後ろからもう一つの影が現れ、その亀に跨《また》がった。

亀は人を乗せたまま、もう一度、水の中へ入って行く。

「人が乗った亀だったのか」

だから、頭が二つになり、手足が八本になったのだ。

乗っているのは、女のようだった。

「乙姫さま?」

と、亀吉がかすれた声で言った。

水に入ると、亀は向きを変えた。月明かりで女の顔が見えた。

「なんてこった」

元妻のお壺だった。

この子を頼む

一

鬼堂民斎は、数日前、久しぶりに元妻のお壺を見かけた衝撃から抜けられずにいる。

お壺は大きな海亀の背中に乗って、沖へ出て行った。

「お前は浦島太郎か」

と、言いたかった。

だが、高畠が言っていたように、桃太郎の鬼退治とか、浦島太郎の竜宮城とか、昔から伝わる話というのは、まるっきりの出鱈目《でたらめ》ではないのかもしれない。たぶん、それに近いようなことがあって、物語として、単純にされたり、洗練されたりしてきたのではないだろうか。

まして、波乗一族というのは、鬼堂家より、海とつながりがある。お壺が海亀に乗るのは、われらが馬に乗るのと、たいして変わらないのかもしれない。

だが、なぜ、このときになって、これまでしてこなかったことを、しなければならないのか。

愕然《がくぜん》としていた民斎を、亀吉がいぶかしみ、

「民斎さん。どうかした？」

と、訊《き》いたものだった。

「なんでもないよ」

適当にごまかそうとした。

だが、亀吉もやはり鋭い。

「女の人、乗ってたわよね？」

「ああ」

「なんだか、見たことがある」

と、始まった。

「どこで？」

「以前、あたしと民斎さんの仲がなんとなく進展しそうになったとき、現れたよね。勝手に出て行ったとかいうお人が」

「ああ、あれね。遥《はる》か昔に家にいた女」

できるだけ、たいした関係ではないよう、言いつくろいたい。

「家にいた女って、妻でしょうが」

「そんなふうに身も蓋《ふた》もない、言い方をしなくても」

「妻は身も蓋もないいんですか？」

「あ、いや、だって、いまはなんの関係もないし」

「そうですかねえ。あたしはなんか、民斎さんたちは強い縁で結ばれている気がするんですけど」

「そんな馬鹿な……」

と、民斎は言ったが、内心、

——そうなのか。

という疑念も湧《わ》き上がっている。

鬼堂家と波乗家。その橋渡し役をしたお壺は、いま、なにを考え、なにをしようとしているのか。

直接会って、訊いてみたい気もした。

気になることは多々あれど、鬼堂民斎は日々を隠密同心《おんみつどうしん》として過ごさなければならない。仕事という営《いとな》みは、日々を生きていくために人間には必要だからだ。

翌日、大地震が来ようが、大津波が来ようが、星が落ちて来ようが、人間はこれまでと同じような日々を過ごすのである。そういうものがいつ来るかわかっているならともかく、いつ来るか、わからないのだから。

民斎は、木挽町の長屋を出ると、この日はつい、うっかりと、京橋《きょうばし》のたもとに座ることにした。

京橋のたもとは疲れる、というのは、隠密同心たちのあいだで定評があった。日本橋よりも、両国橋《りょうごくばし》よりも、危ないのは京橋。

そう言われていた。

深い面倒ごとに巻き込まれるとも。

――だが、そこにあえて座るのが、隠密同心ではないか。

民斎はけっこう使命感に燃えているのだ。

今日は雲ひとつない、いい天気である。風がやけにさらさらに感じられる。川べりに寝転《ねころ》んで昼寝でもしたら、さぞいい気持ちだろう。

だが、民斎は健気《けなげ》にも、そうした誘惑を胸のうちから追い払って、通りの反対側の人影に目をやった。

その客は、京橋を渡って来て、銀座《ぎんざ》側にいた民斎の前に立った。

女である。町人ではない。武家の女だろう。きれいな人だが、歳《とし》はいっている。四十五歳から五十歳くらいではないか。

小さな女の子の手を引いているが、自分の子だろうか。四十歳になってできた末っ子。それも充分、考えられる。

「観《み》ていただきたいんです」

女は静かな声で言った。

「はい」

「じつは、うちの主人、いままでものすごく横暴だったのです」

「ははあ」

「ところが、近ごろ急にやさしくなったというか、気弱になったというか、いまからお前に謝《あやま》っておく、許してくれ、なんて言うようになったのです」

「ほう」

「それで、うちは子どものできない家だったのですが、いきなりこの子を連れて来て、この子を頼むって」

「へえ」

民斎は、女の子を見て、

「名前は？」

と、訊いた。

「ゆき。六歳」

歳は訊かなかったのに答えた。

「いい子なんです。ほんとの父上と母上はどこにいるのって訊いても、お空の上って」

「なるほど」

「いままで、どこかお寺みたいなところにいたようなことは言うのですが、それじゃあ、どこのお寺かというのはわからないのです」

「ご主人はなにを？」

「旗本で二千八百石をいただいてまして、無役《むやく》なのですが、屋敷の前に辻番《つじばん》を出し、近所の治安の維持にはずいぶん頑張《がんば》って来ました」

「お歳は？」

「五十歳になりました」

「どこかお身体《からだ》を悪くされたりは？」

それがいちばん怪《あや》しい。

妻にないしょで医者に診《み》てもらっていて、最近、余命を宣告された。妻に詫《わ》びる気持ちがわき、よそでつくっていた子どもは、うちで引き取ってもらうことにした。

たぶん、これ。

民斎は、自信があった。

「いいえ。どこも悪くないと思います。もともと身体には気を使う人で、酒も煙草《たばこ》も甘いものも口にしませんし、朝の槍《やり》の稽古はいまも欠かさずつづけています」

「顔色とかは？」

「顔のつくりこそ褒《ほ》められたものではありませんが、肌は艶々《つやつや》して、見かけでは三十歳くらいに間違えられるそうです」

「そうですか」

勘《かん》はいきなり外《はず》れたらしい。

「それで、主人に謝る訳や、子どもの素性《すじよう》を聞いても、なにも答えてくれません。それなら、京橋あたりに出る、よく当たると評判の易者《えきしや》さんに訊いたほうがいいと、実家の姉から言われまして」

「京橋あたりに出る、当たると評判の易者？」

「ええ。あなたのことでしょ？」

「……………」

おれのことではない。

京橋に座ることはほとんどない。

よく当たるという評判も、たぶん立ったことはない。

よほど、おれではないと言おうかと迷った。

そういえば、この界隈《かいわい》でよく見かけた易者がいた。客が並んでいるのも見たことがある。あいつと勘違いしているのだ。

だが、こうして間違えておれの前に立ったのも、この人の運命だろう。

であれば、わざわざ言う必要はない。見事に隠れた真実を見破って、この人に有意義な助言をしてやればいいことなのだ。

そう思い直し、

「では、観ましょう」

と、この客の手を取った。

その途端、民斎の身体に電撃が走り、目の前は真っ暗になった。

二

「おい、易者さん。どうした？」

誰かが民斎の身体を揺さぶっていた。

「え？」

民斎は目を覚《さ》まし、あたりを見た。

京橋界隈。通り過ぎる人たちは、民斎を心配そうに眺《なが》めて行く。

「具合でも悪くなったのかい？」

声をかけてくれていたのは、大工箱を抱えた若い男である。

「ああ、どうも。おれはどうしたのかな？」

「おいらも通りすがりに見ただけだからよくわからないんだが、あんた、客の手相を観ようとしたら、いきなり真後ろにひっくり返ったんだよ」

「客は？」

「いやあ、客もびっくりしたんだろう。二言三言声をかけたけど、あんたが目を開けないので、子どもの手を引いていなくなっちまったよ」

「そうなのか」

「大丈夫かい？」

「ああ、大丈夫だ」

民斎は首をひねったり、腕を回したりしたが、別になんともない。それどころか、頭はすっきりし、身体も軽くなった気がする。

「じゃあな」

親切な大工は立ち去った。

民斎も、なんかここで占いをする気は失《う》せてしまい、八丁堀のおじいのところにでも顔を出すことにした。

役宅の前に来ると、

「ほっほっほうほう」

ふくろうの福一郎が鳴いた。

「おう、こっちに来てたのか。おじいはいるよな？」

「ほう」

いるらしい。

民斎はいったんなかに入り、秘密の階段で地下に下りた。

「よう、民斎じゃないか。どうした？」

祖父の鬼堂順斎が訊いた。

慌《あわ》てて後ろにおいたのは、たぶん国芳《くによし》あたりの艶本《つやほん》だろう。

「うん。京橋に出てたんだけど、変な客に当たって、疲れちまった」

「なんだか、雷に当たったみたいな顔をしてるな」

「雷に？」

あの身体の感じは、まさに雷に当たったようなものである。

「ああ。髪はちりちりになっているし、ちょっと身体が焦《こ》げ臭《くさ》いぞ」

「ほんとだ」

腕の匂いを嗅《か》いで、納得した。

「ほんとに当たったわけではないだろう？」

順斎は訊いた。

「だったら生きてはいないさ。だが、客の手を触《さわ》った途端、ばーんと衝撃が来て、自分がわからなくなったんだ」

「鬼堂家の人間は、雷に当たりやすいから、気をつけたほうがいい」

「え？　初耳だぞ」

「知らなかったか。わしなんか、いままで外を歩いていて、四度、雷に打たれている」

「そうなの」

そういうことは、早く教えるべきではないのか。易者などは、外でする仕事なのだ。

「だが、当たりやすいが、雷に強いということもある。現にわしは死んでないし、一族にも打たれて死んだ者はいない。かえって、打たれるたびに体調はよくなる気がする」

「そういえば」

民斎も調子がよくなっている。

「だが、その女は、雷を持っていたのかな」

と、順斎は言った。

「雷を持っていたってなんだよ？」

「そういうのがいるんだ。気を溜めやすくて、乾いた風のある日にそういうのに触れたりすると、ばーんと衝撃が来る」

「ああ、ある、ある」

では、あの女もそういう身体だったのか。

——待てよ。あの女、小さな女の子と、手をつないでいたよな。

もしかしたら、「ゆき」と名乗ったあの女の子が、強力な気を持っていたのかもしれない。

三

翌日——。

もう一度、あの女と子どもを観てみたい。

民斎はいったん奉行所に行き、上役の平田の役に立たない説教を受け流し、それから京橋のたもとに向かった。

今日も風は爽《さわ》やかである。ただ、昨日ほど青空は広がっていない。

——ん？

昨日、民斎が座ったところには、すでにほかの易者が座っている。見たことがある。

こいつが、いつも京橋のたもとに座る、当たると評判の易者なのだ。

――糞《くそ》っ。

仕方がないので、道の反対側に座った。

もし、昨日の客があの易者のところに来たら、無理やり声をかけてでも、観させてもらうつもりである。

もちろん、いきなり手相などは観ないようにして。

それにしても相変わらず、よく流行《はや》る易者である。

並びこそしないが、絶えず客が来て、前に座る。民斎のほうはまだ一人も来ないが、あやつはもう民斎が来てからでも十人目である。

――ん？

民斎の胸に疑念が浮かんだ。あの女と小さな子は、すでに来てしまったのではないか。あの易者に観てもらい、適当に都合のいいことを言われて、帰ってしまったのでは？

民斎は、客が途切れるのを待って、直接、訊いてみることにした。

「よう」

民斎の馴《な》れ馴れしい態度に、相手はムッとしたらしい。

「あんた、よく当たるんだってな。評判は聞いてるよ」

「あんたは、まるで当たらないんだって？　そういう評判だぞ」

売れっ子の生意気さをすっかり身につけている。

まだ、二十七、八。それでこれだけ売れていれば、多少は生意気にもなるだろう。

だが、易者にも流行りすたりはある。しっぺ返しが来ることもあるから、気をつけたほうがいい。

そうは思ったが、忠告はしないでおいた。

「ちと、訊きたいんだが、今日、あんたのところに四十半ばの武家の奥方が来なかったかい？」

「武家の？　小さな女の子を連れた？」

「ああ、そうそう。間違いない」

「それがなにか？」

「どんな相談をしたか、教えてもらえないかね？」

民斎は、丁寧な口調で訊いた。

「教えろ？　客の秘密を？」

「それはそうなんだが」

「言う訳ないだろう。帰んな」

手で追い払うしぐさをした。

「おれも頼みたくはないよ、こんなことは。だが、大事な用件があってな」

「あんたの用件で、わたしの用件ではない」

と、若い易者はにべもない。

「しょうがねえな。おれは調べなきゃならないことがあるんだ」

民斎は腰の辺りから十手《じって》を取り出し、若い易者の鼻先にくっつけた。

「げっ」

「その女はどんなことを相談した？」

十手を仕舞《しま》って訊いた。

「横暴だった亭主が急にやさしくなり、詫びたりするようになった訳です。それと、亭主が連れて来たこの子の本当の親も知りたいと」

今度は素直に答える。

「やっぱりそうか。それで、あんたはどういう助言をしたんだ？」

「はい。わたしは花占いがいちばん得意でして……」

若い易者は自慢げに、女におこなった助言を語った。

「そんなことを……」

それはきわめてまずい助言だった。

四

京橋に座る若い易者が、女にした助言は、

「ゆきを、思う方向に歩かせてみたらいい」

というものだった。

「この子は勘がいいから、自分がいたところ、しかもあなたが知りたい秘密があるところに、辿《たど》り着くことができるだろう」

そうも言ったという。

だが、女の亭主は、なにか身の危険を感じ、ゆきをそこに置いておくとまずいから、屋敷に連れて来たはずである。

民斎も、ゆきという少女はなにか特別の能力を秘めていて、元いた場所に辿り着くことができる気がする。

しかし、それはしてはいけないことなのだ。

――どこに行った？

民斎は、まず女とゆきの行方を探さなければならない。

名前も、屋敷の場所もわからないのに。

急いで奉行所にもどり、資料として置いてある『武鑑《ぶかん》』をめくった。

女はかなり手がかりになることを話していた。石高二千八百石。無役。屋敷の前に辻番がある。しかも、京橋からそう遠くないところに住んでいる。

これだけ手がかりがあれば充分だった。

二千八百石といったら大身《たいしん》であり、そうたくさんはいない。しかも無役。

「こいつか」

と、民斎は『武鑑』をめくる手を止めた。

「石井岩次郎《いしいいわじろう》。二千八百石。寄合《よりあい》」

寄合というのは、無役のようなものである。

屋敷は築地。京橋からも遠くはない。

念のため、切絵図を出して見た。

切絵図には辻番も描き込まれている。

「あった」

まず間違いないだろう。

民斎は、築地の旗本《はたもと》石井岩次郎の屋敷に向かった。

石井岩次郎の屋敷は、築地川に面したところにあり、外から見るとおよそ千五百坪ほどの、ゆったりした感じだった。

ゆったりめに見えるわけは、敷地の広さのわりに建物が小さめで、塀《へい》の外からでも庭の広さが窺《うかが》えるからである。

門を叩《たた》いて、顔を出した門番に、

「奥方にお会いしたい」

と、告げた。

「何者だ?」

「易者の鬼堂民斎と申す者。奥方に頼まれた易のことで、至急、お伝えせねばならぬことができた」

「奥方さまはお出かけだ」

「どこへ?」

「わからぬ」

「ゆきといっしょか？」

女の子の名前を出すと、門番は意外そうな顔をして、

「そうだ」

と、うなずいた。どうやら、嘘《うそ》は言っていないらしい。

——まずい。

早く捜し出さないと、とんでもないことが起きそうな気がして来た。

こうなれば、あの鬼占《おにうらな》いをしてみるしかない。

五

民斎は、急いで木挽町の長屋にもどり、すぐに鬼占いを始めた。

鬼占いに面倒な儀式めいたことはいらない。要は、精神統一である。精神を細長い二本の槍のようにして、宇宙へと伸ばしていく。

やがて、その先が、目指すものを高みから見つけ出すのだ。

あの少女の面影《おもかげ》は、電光の衝撃の記憶とともに、民斎の身体に残っている。そ

れは、行方を追う手がかりになってくれるだろう。

「ううっ」

唸《うな》り声は自然に出る。

額《ひたい》が熱い。

目の前に広げた江戸の地図。そこへ指が向かう。

どこだ？

人差し指が下りたのは、江戸の西南のはずれにある白金村《しろかね》だった。

民斎は、すぐに白金村へ向かった。

鬼占いで体力を消耗し、一刻《とき》（約二時間）ほどは寝入ってしまったが、まだ疲れは残っている。だが、そんなことは言っていられない。

とりあえず品川《しながわ》の大木戸をめざし、少し手前で坂を登った。

白金の通り沿いに、町人地が並ぶが、横道に入ると、大名家の下屋敷と畑だらけになる。

ここらは大昔、白金を貯《た》め込んだ長者がいたというので、この名がつけられた。貯め込まれた白金がどうなったかについては、あまり知られていないらしい。

指差したのは、高松藩《たかまつ》の下屋敷の近くである。

そこには、塀で囲まれた三千坪ほどの屋敷があった。

石井の奥方とゆきは、たぶんこの屋敷のなかにいるはずである。

正門は反対側らしく、そちらに向かうと、途中で誰か倒れていた。

「どうなさった？」

民斎は、駆け寄って、倒れていた初老の男を介抱した。

「しっかりなさい」

別にどこも斬《き》られていない。首を絞《し》められたような跡もない。

背中を伸ばすようにして、活を入れると、

「うっ」

と言って、息を吹き返した。

「大丈夫ですか？」

「こ、ここは？」

初老の男は周囲を見回した。

「白金村です」

「白金はわかっておる。む、屋敷の外。わしは、吹き飛ばされたのか？」

ずいぶん妙なことを言う。

「吹き飛ばされた？　爆風かなにかで？」

そのわりに、着物もきちんとしている。

「いや、なんでもない」

男はそう言って、ゆっくり立ち上がった。

「もしかして、石井岩次郎さま？」

「む。そなたは？」

「怪しい者ではありません。じつは、町方《まちかた》の隠密同心をしている鬼堂民斎と申します」

「町方がなぜ？」

「奥方のごようすがおかしかったので、京橋から後をつけて参ったのです」

易者にあんたのことで相談に来たとか、余計なことは言わないほうがいいだろう。後々、奥方が責められたりしたら、可哀《かわい》そうである。

「そうなのか」

「ここは、石井さまのお屋敷？」

「さよう。下屋敷というより、自費で購入した別宅だ」

「奥方は？」

「このなかだろう」

「ゆきもいっしょに？」

「さよう。なぜ、ゆきのことも？」

「それは、隠密同心ゆえ」

　と、民斎は適当なことを言った。

「しかし、あ奴《やつ》ら、何者なのだろう？」

　石井は腕組みし、ひとりごとを言った。

「何者？」

「いや、なんでもないのだ。こっちの話」

「事情をお話しいただければ、悪いようにはいたしませぬが？」

　民斎がそう言うと、石井はどうしたらいいか、迷い始めたようだった。

六

「わしは、名前に石や岩がついていることもあって、石に興味があってな」

と、石井岩次郎は語り出した。

上屋敷に引き返すと言って、民斎に支えられながら高輪台《たかなわだい》の坂道までいっしょに来たのだが、石井は途中で歩けなくなった。

見た目にはなんでもないが、吹き飛ばされた影響でどうも骨のどこかにひびが入ったらしい。

近くの茶屋に部屋をとって医者を捜し、診てもらうと、今日は動かずに、横になったほうがいいと言われた。

それで、町飛脚《まちびきやく》を頼み、とりあえず夜になったら、横になったまま運べるよう、戸板を持って迎《むか》えに来いと、屋敷の家来宛《あ》てに文《ふみ》を出したのだった。

そうしたことの世話を焼いた民斎を信用し、打ち明ける気になったらしい。

それは奇妙な話だった。

「石にですか」

「石といっても、別に観賞用の庭石などではない。石というのはじつに多種多様、そこには奥の深い世界が広がっているのだ」

「それはよくわかります」

民斎のあの水晶玉を見せたら、この人も驚くだろう。

「それで、川原や山でいろんな石を集め始めたのだが、そのうち当家の下屋敷に、奇妙な石がごろごろころがっているのに気がついたのだ」

「奇妙な石？」

「さよう。硬《かた》い、鉱物を含んだ白っぽい石でな。庭のあちこちや、土のなかにもごろごろあったので、もしかしたら運んで来たのではなく、もともとここらにあったのかもしれぬ」

「それって、白金の地名のいわれになったのでは？」

「うむ。だが、白金とは銀《しろがね》のことだと言われていただろう？」

「そうですね」

「銀ではない。だから、わしも精製して取り出そうなどという気はなかった」

「なるほど」

「それで、そうした石といっしょに、わしが他から集めてきた石も、並べて庭に置いたりした。大きなものを拾って来て、あとからそれを割り、見やすいように細工《さいく》したりもするのだが、まずは適当に置くわけだよ」

「はあ」

無役だから、道楽にかける時間はたっぷりある。割ったり、眺めたり、さぞや、いろんなことをするのだろう。

「すると、山奥で採取してきたつぶれたかぼちゃ大の、青みを帯びた平たい石を、もともと屋敷にあった同じくつぶれたかぼちゃ大の平たい白い石に重ねて置いたところが、奇妙なことが起きた」

石井はそう言って、大きくため息をついた。

「どうしたんです？」

「そこに雷が落ちた」

「雷が」

「庭の隅《すみ》に置いてあったので、わしはなんともなかった」

「まさか」

「隣の畑に来ていた家族が巻き添えを食った」

「なんと」

「畑にいたのは、近くの農家の若い夫婦と、幼い娘だった。娘は助かったが、夫婦は命を落としてしまった」

「その娘がゆき？」

「さよう。だが、そのときはまさか、わしのせいで雷に打たれたとは思わなかった」

「石井さまのせい？」

民斎の問いに、石井は軽くうなずき、話をつづけた。

「二つ重ねた石は、それからなにか力を宿したような気がした。だが、もともと石というのは霊力を宿しやすい」

「そうなので？」

「だから、神社などはご神体として石を祀《まつ》るところが多いのだ」

「なるほど」

「この二つの石が、火花を発しているのを見たのは、それからまもなくだった。夜、たまたまその石に目をやると、ぱちぱちっ、ぱちぱちっと」

「………」

「二度目の雷が落ちたのは、それから四、五日後だった」

「わずか四、五日後に」

「もともと白金のあたりは高台になっていて、雷が落ちやすいところではあった。だが、四、五日のあいだに二度は多い。もしかしたら、二つの石を重ねて置いたのが悪いのかと、二つを離そうとした。ところが、びりびりと痺《しび》れるみたいになって、とても触れるものではない」

「ははあ」

「三度目の雷が落ちたのは、さらに十日後だった」

「また、落ちたのですか」

「そんなものではない。いままで、八度、落ちた。半年あまりで八度。しかも、そのつど霊力は増している」

「それはそうでしょう」

「わしは、恐くなった。なにか、とんでもないことが起きるかもしれない。そのときは、わしの責任だ。そうこうするうちに、最初に雷に打たれた少女のことが気になってきた。それで、その後、どうなったか調べてみると、すぐ近くの寺に預けられていた。ただ、寺ではこれから大人になる娘を預かり切れないので、どうしたらいいかと言っていた」

「なるほど」

「わしのせいであの子の両親は命を落とした。しかも、雷の力みたいなものが備わってしまった」

「雷の力ってなんです？」

「わしはもう、あの二つの石に近づくこともできぬ。ところが、あの子は平気なのだ」

「なるほど」

「もしかしたら、二つの石がなにかとんでもないことになったとき、役に立つのはあの子かもしれぬ。それで、わしは上屋敷のほうに置いてもらおうと、あの子を連れて行ったのだ」

「そういうことでしたか」

これで、奥方が相談してきたことは、ほぼ判明した。

ところが、事態はさらに進んでいた。

「一方で、わしはあの石のことを、知り合いの商人《あきんど》に相談した。長崎《ながさき》や琉球《りゅうきゅう》などで貿易の仕事に関わる商人でな。さまざまなことをよく知っているので、こうした石についても、なにか知識があるかと思ったのだ」

「どうでした？」

「知らないとのことだった。ところが、その者に相談した三日後、つまり今日、得体《えたい》の知れぬ奴らが屋敷を訪れ、石の始末は引き受けましょうと」

「どうしたのです？」

「わからぬ。わしは、何者とも知れぬ者にはまかせられぬと、そう言った途端、奴らがわしに鉄の棒を向けると、ばぁーんとこの世が破裂したようになって、気がついたらそなたに介抱されていたというわけさ」

「そうでしたか」

民斎も唖然《あぜん》とするような話だった。

七

その後——。

民斎は、石井の家来が茶屋に迎えに来たのを見届けると、木挽町の長屋に帰った。

だが、石井の白金の屋敷内に重ねて置かれているという二つの石と、襲撃して来た奴らのことが気になって来た。

「あ奴らのことは、わしがなんとかする。くれぐれも内密に頼む」

と、石井は言っていたが、とてもなんとかできそうには思えない。

本来、旗本の家のなかのことに、町方の同心が首を突っ込むのはまずいのだが、

——やはり、見に行こう。

民斎は、もう一度、白金に向かうことにした。

月明かりがあって、夜道も歩きやすい。鍛えた隠密同心の足なら、木挽町から白金までは半刻（約一時間）もかからないのだ。

ときおり、頭上で鳥の羽ばたきが聞こえる。どうやらふくろうの福一郎がついて来ているようだった。

石井の屋敷の前に来た。

すると、塀のなかから馬のいななきが聞こえた。

昼間は馬がいる気配はなかったはずである。

——なにか、している。

そう思ったとき、門の扉が開き、二頭の馬と荷車が出て来た。門を出るとす

ぐ、馬は荷車を引きながら、かなりの速さで駆《か》け出した。

馬にはそれぞれ人が乗っている。そして、荷車にも、男が一人と小さな女の子が乗っているのが見えた。

民斎は、荷車の後を追って走り、さらに飛び乗った。

「なんだ、きさまは」

と、乗っていた男が民斎に向かって来た。

狭《せま》い荷台の上で、摑《つか》み合いになった。というより、民斎が男を羽交《はが》い絞めにしたので、ひたすら男がもがくだけである。

「あ、きさまは、鬼堂民斎」

と、男は言った。

「なぜ、おれを知っている?」

「そんなことより、なぜ、お前がここに?」

民斎は答えず、男に当て身を入れると、男は荷台の上で崩れ落ちた。

馬上の二人もこっちに気づいたが、一刻《いっこく》も早く荷物を運びたいらしい。さらに鞭《むち》を入れ、馬の速度が上がった。

民斎は荒縄で縛《しば》られた荷物を見た。石が二つ、一つは夜目にもわかるほど青く輝いている。もう一つは白い例の石だ。民斎は二つの石のそれぞれ一部を、こんなこともあろうかと持って来ていた金槌《かなづち》で、こぶし大ずつほど叩き割ると、懐《ふところ》に入れた。ぴりぴり痺れる感じがあるが、これが霊力なのだろう。

「ゆき。逃げるぞ」

「うん」

ゆきがしがみついて来た。

道を曲がるつもりらしく、速度が落ちた。その隙《すき》に、民斎はゆきを抱えたまま、荷車から飛び降りた。

馬上からも二人が逃げたのはわかったはずである。

だが、二頭の馬の乗り手は止まろうとはせず、そのまま高輪に下る道を、駆け下りて行った。

その後、ゆきは無事に石井の上屋敷で暮らしている。

八

雨が落ちて来そうだった。

悪意が感じられるほどぶ厚い雲が空を覆い、地上は雷を覚悟したような静けさに包まれていた。

京橋のたもと近くの通りには誰もいない。

だが、民斎はいつもの易者仕事のように道端《みちばた》に座っていた。

小さな机の上には箱があり、そのなかには、荷車から奪って来たこぶし大ほどの白い石と青い石がある。これを二つくっつけて、紐《ひも》で縛っていた。

——本当に雷は落ちるのか。

落ちると、この石は霊力を帯びるのか。それを試すつもりである。

数日前、旗本の石井岩次郎を襲った連中は、波乗一族だった。ゆきを助けたあと、石井の屋敷にもどり、無事だった奥方の話を聞くうち、連中の話のなかに、

「われら波乗一族」

という言葉があったのだという。

波乗一族はなんのために、この石を狙っているのか。ゆきはなぜさらわれそうになったのか。あの子の持つ能力はいったいどんな力なのだろう。

それを知るためには、雷のことを試してみる必要があった。

雷はよく槍に落ちると聞いたことがあるので、わきに槍も立ててみた。

かりかりかりっ。
あたりの空気が震え出した。
それからすぐ、凄《すさ》まじい音が轟《とどろ》いた。
民斎は、白光に包まれていた。

舟を漕《こ》ぐ娘

一

ここは芝田町《しばたまち》の六丁目にある、小さな寺の参道《さんどう》である。参道と言っても、ここらの住人は、路地のように使っている。

寺の後ろは海で、点在する白帆《しらほ》を横目に見ながら、鬼堂民斎は朝から参道のわきに座っている。

いちおう参道を出たところは東海道《とうかいどう》なのだが、小さな寺に参詣《さんけい》に来る人などほとんどいない。漁師がたまに通りかかっては、

「こんなところに誰が占いを観《み》てもらいに来るんだね」

と、呆《あき》れるくらいである。

「ほんとに深い悩みがある奴《やつ》は、来るものなんだよ」

民斎は適当なことを言ってごまかしている。

じつは、海を見に来ているのだ。

海賊《かいぞく》だの抜け荷などではなく、海そのもののようす。波の立ち具合。色の変化。異変はないかを見ている。

このところ、それが気になって、人の運勢などどうでもよくなっている。

それではいけないとも思うのである。人は、天災の到来より、日々の暮らしのほうを気にして生きていて、知りたいこともそっちなのである。したがって、町角の易者《えきしゃ》も人の運勢を観るのが仕事だろうと。

だが、民斎はやはり、天災が気になるのだ。

だから、こうしてわざわざ客の来ないところを選んで座っている。

――ん？

数軒向こうの家の前で、十二、三歳の小娘が、こっちのようすを窺《うかが》っている。つんつるてんの着物を着ている。くりくりした目で、どことなくふくろうの福一郎にも似《に》ている。さっきも一度、見に来ていたはずである。

ちらりちらりとこっちを見る。

こっちが声をかけるのを待っているのだろう。

しらばくれていようかとも思ったが、あんまり愛らしいので、

「どうした。相談したいことでもあるのか？」

と、声をかけると、

「易者って高いんだろ？」

そう言いながら寄って来た。

「安くしてやってもいいぞ」

「いくら？」

「一文《もん》にしてやるよ」

こんな小娘相手に儲《もう》けようなんて、鬼堂民斎の男がすたるだろう。

「え？　ほんとだね」

気が変わらないうちにと思ったらしく、小娘は袖《そで》から一文出して置いた。

「名前くらいは名乗るもんだぞ」

「えんだよ。おえん」

「なんだ、おえん坊が占って欲しいのは？」

「おとっつぁんが、お前みたいなあぶなっかしいのは早く嫁にいったほうがいいから、花嫁修業を始めろって」

「なるほど」

あぶなっかしいという見立てはともかく、そういう時期ではあるかもしれない。

この小娘は、いまでこそ骨っぽくて、少年みたいな身体《からだ》つきだが、すでにつぼみが開きかけている感じがする。あと一年後には、おそらく見違えるように愛らしい娘になっているだろう。

「それで、舟の漕《こ》ぎ方を教わって来いって」

「花嫁修業で舟漕ぎ？」

「おかしいよね？」

「うん、まあ。相手が船頭だと決まっているなら、そういうのもあるかもしれぬがな」

「相手なんか決まってないよ」

「だったら、おとっつぁんが船頭なのか？」

「おとっつぁんは、鍛冶屋《かじや》だよ」

たしかに少し変だが、どうせ、親戚筋だとか友だちに船頭がいっぱいいるとか、そのくらいの話だろう。

「それで、なにを占うんだ？」

「あたいは、元芸者の亀吉さんが流行《はや》らせた花唄《はなうた》っていうのを習いたいんだよ。三味線《しゃみせん》は花嫁修業にもなるし、花唄は大好きだし。それで、おとっつぁんには内緒で花唄を習うか、それとも言うことを聞いて、舟の漕ぎ方を習うか、どっちがいい？」

「そういうことか」

占わなくても、答えは見えている。

両方やればいいのだ。

習うときの束脩《そくしゆう》の銭がないなら、亀吉の長屋のわきで唄を聞いていればいい。弟子も大勢いるから、そっちでも同じことをすればいい。亀吉一門はうるさいことは言わないはずである。

だが、いちおう天眼鏡《てんがんきよう》をおえんの顔に向け、人相を観たふりをして、

「どっちもやることだな。子どものうちは、なんでも学べ」

と、言った。

おえんは嬉《うれ》しそうに笑って、

「わかった。ありがとう」

二

西の空が赤く染まるころ、民斎は占いの店をたたんだ。木挽町の家に戻る前に

そこを通り過ぎ、八丁堀の鬼堂家に向かった。

今朝、鬼堂家の下男が来て、祖父の順斎の体調が良くないので、仕事帰りに見《み》舞《ま》ってくれと言われていたのだ。

「四、五日前は元気だったではないか」

と、民斎が言うと、どうも昨日から急に体調を崩《くず》しているらしい。

どうせまた、食い過ぎなのだ。

順斎は、うまいとなると途中で止まらなくなる。鍋《なべ》一杯、ぜんぶ食ってしまったりする。

この前は、大きな西瓜《すいか》を一人で食ってしまい、当然、腹を下した。理路整然としたことは話すのだが、やはり食欲のこととかになると惚《ぼ》けて来ているのかと思ってしまう。

役宅に着いて、床《とこ》の間の掛《か》け軸《じく》の裏から階段を下り、地下にある順斎の部屋に入ると、

「あ、来てたのか」

姉のみず江が看病していた。

男っぽかったのが、このところずいぶん女らしくなった。そうすると、たいし

た美人なのである。どうもうちの一族は、性格はひねくれているわりに、器量には恵まれるらしい。

「どうせ、食い過ぎだろう?」

そう言いながら、寝床の順斎をのぞき込むと、軽いいびきをかきながら熟睡している。

「民斎、ちょっと」

と、部屋の隅《すみ》に呼ばれた。

「どうした?」

「おじさま、よくないよ」

順斎のほうを見ながら、小声で言った。

「よくないって?」

「脈がずいぶん細いの。ときどき途切れるし」

「ただの食い過ぎじゃないのか?」

「逆よ。いま、ほとんど食べられないの」

「数日前まで元気だったけどな」

「どうも、無理して鬼占《おにうらな》いをしたみたいなの」

「鬼占いを？」

一子相伝《いっしそうでん》の秘術だから、当然、順斎もできるのだ。

「これがあった」

みず江は、なにか書かれた紙を見せた。

矢印のようなものが、ごちゃごちゃ書き込まれている。

鬼占いでどこか場所を特定しようとしたが、わからずに迷走したのかもしれない。

また、赤い矢印と黒い矢印もある。それがなんの違いなのか。

「鬼占いって、もの凄《すご》く体力使うんでしょ？」

みず江が訊《き》いた。

「使うよ」

民斎だって一度やったらぐったりする。

「どうも一度じゃないみたい。何度もやったみたいよ」

「それは無茶だ。九十超《こ》えた爺さんがなんどもやったら、脈も細くなるさ。でも、こんなところにずうっといて、占うことなんかあるのか？」

「お客さんがあったんだって」

「誰？」

「高畠主水之介という人」

「ああ」

紹介してから、すっかり意気投合したのだ。

「学者かなにか？」

「そう。なにやら怪《あや》しい学問をしている人だ」

惚れてる女の父親だとは言わない。

「ははあ、それでか。最近、書いたという本を置いて行ったの。これを熱心に読んでいたみたいなんだけど」

と、薄い手書きの書物を見せた。

ぱらぱらとめくると、どうやら島の話らしい。地層と書いた図面みたいなものも入っている。

「なんだか難しい書物よ」

「書き方が勿体《もったい》ぶっているからな。中身はたいしたことはないんだ」

とは言ったが、なにかが順斎を刺激したのかもしれない。

「しばらくあたしが看病するから、民斎は帰っていいよ」

「じゃあ、明日も顔を出すよ」

と、外に出ると、頭上でふくろうの福一郎が鳴いた。

「ほう、ほっほっほ」

もう長くないな、と言った気がした。

三

木挽町にもどって、同じ長屋に住む高畠主水之介の家を訪ねた。

高畠は、数日前、亀吉の向こう隣が空《あ》いたので、そっちに引っ越している。亀吉も、新しく家を買うという考えは破算《はさん》にしたらしく、父親が隣に移るのは大賛成だった。

ついでに自分の飯は自分でつくってもらうことにしたのだが、すると今度は、おみずが飯をつくって出入りしているらしい。どうもおかしな夫婦である。

「どうも、先生」

戸を開けると、部屋いっぱいの書物に囲まれていた。空いている分は、一畳ほどではないか。

「え？　これ、先生の書物？」

「そりゃそうだろうが」

「いままでなかったのが、いきなり？」

「知り合いの神主《かんぬし》に預けていたのを、運んでもらっただけだ」

「そういうことでしたか」

「ところで、なにか用かな？」

一時、民斎が鬼堂家の正統だとわかると、話し口調《くちょう》が丁寧《ていねい》になっていたが、最近はまた、偉そうになっている。どうやら、跡継ぎと言っても、実質的な力はまだまだ順斎にあると思ったらしい。

「ええ。うちのじいさんに書物を届けてくれた礼を言おうと思いましてね」

病のことは言《い》わないことにした。責任を感じさせることはない。

「礼などは要らぬ。ただ、われわれが話していたことを裏付ける覚書《おぼえがき》を見つけ、それを急いで一冊にまとめたのさ。民斎どのも読んでくれたかな」

「おれにはちと難しくて」

「そう難しいことは書いておらぬ。あの手の書物は、難しそうに書いたほうがありがたがられるのでな」

自分でもわかってやっているのだ。

書いてあることを解説してもらうことにした。

「つまりだな、日本にある離島の成り立ちについて調べたのさ」

「成り立ちなんか、どうやってわかるので？」

「崖《がけ》になっているところに行き、地層の重なり具合や、土や岩の種類について調べたよ。たとえばこの二つ」

と、当の本をめくって見せ、

「こっちの神島《かみしま》と、こっちの菅島《すがしま》のあいだの距離はおよそ二里（約八キロ）。あいだの海はけっこう深い。ところが、これを見てくれ」

地層を描いた二つの絵を交互に示した。

「同じですね。それぞれの層の厚さも、ぴったり同じです」

層はちゃんと厚さも測られていて、数字が書き込まれている。その数字もまったく同じなのだ。

「これがどういうことかというと、二つの島はもともとはくっついていたと推測できる」

「こんなに離れているのに、くっついていた？」

「つまり、西から巨大な力が働き、海の底の大地が東に押し出され、海から盛り上がって顔を出した端《はし》のほうが、弾《はじ》けるように二つに割れたため、神島と菅島はできたのだろうな」

大地を押し出すという力はそんなにも凄いものなのか。

「しかも、この二つの崖の崩れ方の角度を詳しく調べた。これがその絵図面だ」

と、近畿《きんき》方面を描いた別の図を示した。

「なんだか矢印ばかりですね」

あの順斎の絵を思い出した。持って来て見せたい気もしたが、やたらと見せるのも考えものである。

「ああ。だが、この矢印を検討すると、巨大な力がどっちのほうからかかって来たかというのが推測できる」

「へえ」

「すると、この伊勢《いせ》あたりは、こんなふうに京都のほうからの力を受けているのがわかる」

高島は指で矢印をなぞった。

「ははあ」

「どどっと、こうだぞ」

高畠はその手を押し出すみたいにした。

「いきなり？」

「こんにゃくを絞《しぼ》り出すんじゃないから、いきなりは動かないさ。数千年、あるいは数万年かけて、これだけ動いたのだろう」

「大地は硬《かた》く、たまに地震で震えるくらいで、永遠に動かないものと思っていました」

むしろ、大地はわれわれ人間の基本なのである。それが動いたりしたら、困るではないか。

「この動きを全国で調べ上げる。すると、この日本国の大地にどういう力がかかり、この先、どんな動きをするかも予測できるというわけだ」

「なるほど」

それができたら、その地方の住人に早めに警告を発することができる。もしも、地震や津波に対して準備ができていたら、被害も少なくて済むはずである。

「だが、順斎さんはある秘術を使えば、数日でそれができると言っていた」

「ははあ」

秘術はもちろん鬼占いだった。

と、そこへ――。

「あら、民斎さん。いらしてたの？」

亀吉が来た。

「今日、花唄を習いたいという小娘と会ったよ」

「あたしは誰でも大歓迎よ」

「じゃあ、おれも習おうかな」

「いいわよ。教えてあげる」

大勢の弟子を持つ亀吉のヒモのようになって、ゆるゆると毎日を送りたい。

それはまさに、見果てぬ夢なのだろう。

四

翌日――。

鬼堂民斎は今日も芝田町にやって来た。

座るとすぐ、参道わきの、小さな入り江のようになったところで、おえんが舟

新しい「面白い！」をあなたに

漕ぎの稽古《けいこ》をしているのが見えた。

猪牙舟《ちょきぶね》よりもっと小ぶりの、海苔《のり》漁などに使うような小舟である。

「そんなこっちゃ、いい嫁にはなれねえな」

いっしょに乗っている四十歳くらいの男が言った。

「あたし、漁師の嫁なんか嫌《いや》だよ」

「漁師じゃないよ、安心しな」

と、男は笑った。

汚れた浴衣《ゆかた》を片肌脱ぎにしているが、真っ赤に日焼けしている。だが、漁師だったら長年、陽《ひ》を浴《あ》びているから赤くはない。赤いのは最近の日焼けだからである。

「もっと腰を下ろして」

「こうかい」

「それじゃ下ろし過ぎ」

けっこうしごかれている。

「こんなことさせられて、あたいは嫁に行ってもこき使われるんだね？」

「そんなことはねえよ。安心しな。最初の一、二年、舟を漕いだら、あとは一生、楽な暮らしが待ってるよ」

「嘘《うそ》」

「嘘じゃねえって」

おえんは気を取り直して舟を漕ぐが、

「ああ、何回言ってもわかんねえな」

尻《しり》をぴしゃりとやられた。

「ひっくり返るよりましだろ」

おえんはむくれて文句を言った。

「馬鹿たれ。外海はもっと波が高いぞ」

外海？

だったら、船頭ではなく、漁師だろう。

漁師仕事の稽古なのか？

どうもわからない。

男が教えているのは、沖に向かうときの漕ぎ方である。波があると、小舟は激しく揉《も》まれる。櫂《かい》が波の上に出てしまう。そのとき漕いでも、水をかかないから無駄なのである。

だから、揺れに合わせるようにして、櫂を漕がないといけない。

しかし、初めて舟を操《あやつ》るような小娘に、いきなりそこまで覚えさせるのは難しいだろう。

「ま、いい。今日はここまでだ」

「うん」

おえんは泣きそうな顔になっている。

教えていた男は、おえんを岸に下ろすと、急いで品川沖のほうに舟を漕いで行った。

五

お昼過ぎになって、おえんが通りがかった。子どものくせに疲れた顔をしている。

「大変だったみたいだな」

民斎は声をかけた。

「もう、やんなったよ」

「見てたけど、なんで、あれが花嫁修業なんだ？」

「わかんないよ」

「おとっつぁん、鍛冶屋って言ってたよな」

「うん。でも、鍛冶屋を始めたのは半年くらい前で、その前は駕籠屋《かごや》だった」

「駕籠屋からいきなり鍛冶屋になったのか？」

「そう」

修業もせずに鍛冶屋なんかやれないはずである。

どうも妙な話である。

「さっきの船頭は知ってる人か？」

「うん。あたいの叔父《おじ》さんだよ」

「仕事はなにしてるんだ？」

「知らない。このあいだまでは、夜鳴きそば屋だったよ」

父親も叔父も、最近、仕事を変えたらしい。

あの日焼けのようすからすると、叔父は毎日、舟に乗っているのだろう。

——あ。

ぴんと来た。

——抜け荷の仕事か……。

もともと民斎は、それを見張るため、水辺を回るように言われていたのだ。

とすると、民斎は捕まえないといけない。

「叔父さんがお前の花嫁修業をしてくれるのは変だよな？」

「変？」

「叔母《おば》さんならともかくな」

やはり花嫁修業は口実で、おえんになにか手伝いをさせようとしているのだ。

「ねえ、易者さん。あたいやめたいよ」

「うむ。よそん家の子育てに口を挟《はさ》むのは難しいが、放ってはおけぬかもな」

「うん」

「おとっつぁんは厳《きび》しい人なのか？」

「そんなことない。やさしいよ」

「だったら、舟の修業も、おまえのためを思ってのことなんだろうよ」

「そうかもしれないけど」

「おえん坊の家は近いのか？」

「うん。その前の道を向こうに渡り、路地を入ってすぐだよ」

「おとっつぁんの仕事ぶりを見てみようかな」

「うん。ついでにしらばくれて人相を観ておくれよ」

「わかった」

台の上に「まもなく戻る」と書いた紙を載《の》せ、おえんの家に向かった。

六

「そこだよ」

と、指差されたのは、粗末《そまつ》な長屋の一室である。

「では、わたしはしばらくおとっつぁんの仕事ぶりを眺めるから、お前はいっぺん家に入っていろ」

「嫌だよ。家にいると用事を言いつけられるから。そこらを歩いて来るよ」

おえんはそう言っていなくなった。

民斎はさりげなく家の前を往復しながら、なかのようすを窺《うかが》った。

鍛冶屋と言ったが、そんなようすはない。かならずあるはずの鞴《ふいご》すらない。

だが、おえんの父親はいちおう鉄を叩《たた》いている。錆《さ》びた鉄の 塊《かたまり》 を金槌《かなづち》で叩いては、表面を磨《みが》いている。

とんとん、とんとん。

単調な作業である。鉄錆を落とすうち、おのれの気持ちの錆まで落ちていくのだろうか。

だが、それにしても変である。ただ錆を落とすだけで、ほかの作業はやらない。これでは鍛冶屋じゃなくて、錆落とし屋だろう。

土間のわきにほかの鉄屑《くず》も置いてある。タケノコのようなかたちをしている。なんに使うものなのか、民斎にも見当がつかない。

よく見ると、鉄ではないものも積み上げられている。白っぽくて、さほど大きいものではない。

――なんだ、あれは？

壊れた瀬戸物のようにも見えるが、道から盗み見するくらいではわからない。

「どうだい？」

おえんがやって来た。

「鍛冶屋というより、いまのところ、錆落とし屋としか思えぬがな」

「そうだね」

「鉄屑のわきに積まれている、白っぽいあれはなんだ?」

「あれはギヤマンだよ」

「ギヤマン?」

「持って来てみようか?」

「ああ」

おえんはぶらりとさりげなくなかに入って、そっと一つを袂《たもと》に入れて戻って来た。

「ほら」

白いのは汚れで、拭《ふ》くと確かにギヤマンの碗《わん》である。だが、どうしたらこんなに汚れるのか。

「これをどこから持って来るのだ?」

「どこからかは知らないけど、あたしに舟漕ぎを教えてた叔父さんたちが持って来るよ」

「叔父さんは、沖のほうに向かっていたよな」

民斎が考え込んだとき、

「あ、ほら」

向こうから男が二人、荷車を押してやって来た。

おえんは慌てて、家のなかに戻り、民斎はさりげなくすれ違った。

おえんの叔父といっしょに来たのは、十七、八歳の若者である。もしかしたら、この若者がおえんの婿《むこ》とみなされているのかもしれない。

二人は、やはり鉄屑らしきものを数個、鍛冶屋の土間に降ろした。

「もういっぺん行ってくるぜ」

と、おえんの叔父が言った。

「ああ、頼むぜ」

おえんの父親が見送った。

――やっぱり怪しいな。

抜け荷とは違うような気もするが、水回り担当の隠密同心《おんみつどうしん》としては、放ってもおけなくなってきた。

民斎は後をつけることにした。

二人は寺のわきに泊めておいた小舟に乗り込み、沖に出て行った。

急いで近くにいた漁師の小舟を借り、連中の後を追う。

どんどん沖に行く。品川沖どころではない。房州《ぼうしゅう》に向かうように進み、富津《ふっつ》岬が真横に見えて来たころ――。

二人は舟を泊め、海に潜《もぐ》り出した。

これは貝の漁だの白魚《しらうお》の漁などではない。

まもなく鉄の塊を持って、海面に現れ、これを苦労して舟に載せた。いくら海のなかでもあれだけの重さのものを上げるのは、容易ではない。もう一人が小舟にいて、引っ張るのを手伝ってくれたりしたら、仕事も楽になるだろう。

おえんはその手伝いを期待されているのだろう。

海の底にあるものも察しがついた。

――おそらく難破船が沈んでいる……。

あいつらはそれを見つけ、積み荷を少しずつ陸揚げして金にしているのだ。大きな船なら、ぜんぶ引き揚げるまで一、二年はかかるかもしれない。

それで、おえんに言っていた話も納得できる。

――ん？

民斎の左のほうに、小舟がいた。三人の男たちが乗っている。どうも、潜っている二人のようすを見張っているらしい。

恰好《かっこう》や日焼けした顔からして役人ではない。

——ははあ。

ここらの荒くれ漁師も難破船に目をつけたのに違いない。

七

翌朝——。

民斎は、八丁堀の役宅に順斎を見舞ったあと、霊岸島にやって来た。

ここの端には、お船手方《ふなてかた》の詰所があり、江戸湾を見張る台がつくられている。

そのお船手方に難破船について訊いてみることにしたのだ。

「町方《まちかた》の者ですが」

と名乗ると、詰所にいた役人の頭らしき男が、

「町方の？　まあ、茶でも」

世間話でもしに来たような応対である。

「ちと、お訊きしたいことがあって」

「まあ菓子でも食べてから」

今度は饅頭《まんじゆう》を勧《すす》めた。どうせ、ここらの漁師からの差し入れだろう。

わきのほうにいる二人の武士は、火鉢《ひばち》で魚の干物をあぶっており、いまにも酒盛りでも始めそうな雰囲気である。

五、六人の役人が詰めているが、台の上で江戸湾を見張っている者は一人もいない。町奉行所もたるんでいるが、さすがにこれほどではない。

せっかくなので、饅頭を齧《かじ》り、茶を一口飲んでから、

「最近、南蛮船《なんばんせん》が来たとかいう話はないのですか?」

と、訊いた。

「うむ。聞いてないな」

聞いていないのではなく、見ていないのではないのか。人間、見ようとしなければ、なにも見えないのである。

「江戸湾の出口あたりは?」

「あのあたりはもう外海だしな」

「外海はお船手方の管轄ではないと?」

「いや、そんなことはないが」

「なんか近ごろ、あそこらで大きな船が沈んだという噂《うわさ》を聞いたのですが」

「ああ、そういう噂はあるな」

聞いてんじゃねえか、と叱《しか》りつけたい。

「お船手方では確かめたのですか？」

「いちおう見てみたが、そんなものは見つからなかった」

「噂の出どころは？」

「浦賀《うらが》の漁師らしいな。だが、そいつも沈むところを見たわけじゃない。嵐の晩、大きな船の影を見たというだけなのだ」

「大きな船というと、蒸気船《じょうきせん》ですか？」

「蒸気船？」

お船手組が知らなくていいのだろうか。

南蛮の船のなかには、船の胴体に大きな輪をつけ、それを蒸気の力で回して走る船ができているらしいのだ。

それを説明すると、

「帆があったというから違うだろう」

「いや、そういう船でも帆はあるのです。風があるときは、当然、風の力も利用しますから」

「図々しい奴らだな」

などと、頓珍漢《とんちんかん》な悪口を言った。

「もう、確かめないので？」

「どうせ沈んでしまったのだろうが」

「それはそうですが」

「いまごろは、外のほうに流れていると思うぞ」

まったくやる気がないのだ。

「わたしのほうで探しても構いませんか？」

と、民斎は訊いた。

「それはよいが、もし、なにか見つかったら、ご一報いただくことになりますぞ」

なにがなりますぞだよ。要は、怠慢を責められないように手を打ちたいのだろう。平田がよくやる手である。

「では」

ついでにお船手方の小舟を借りることにした。

八

民斎はふたたび江戸湾の出入り口までやって来た。

——自分の目で確かめるしかないよな。

流されると面倒なので、舟と身体を紐《ひも》で縛《しば》っておいて潜ることにした。

かなり流れがある。外の潮の流れを感じる。そういえば、順斎が描いた矢印だらけの絵の、黒い矢印はこの潮の流れを示したのではないか。

順斎は今朝も昏々《こんこん》と眠りつづけていた。姉のみず江は、

「このまま、起きないかもしれないね」

と言っていた。

民斎は海のなかに潜った。深さは十間《けん》（約十八メートル）くらいか。底まで息がつづくか心配したが、これくらいならどうにか大丈夫である。

いろんな魚が、手摑《てづか》みできるくらいすぐそばを泳いで行く。魚の群れに巻き込まれそうにもなる。

苦しくなると、海面に出てしばらく息をする。

四度目に潜ったとき、
大きな船が横倒しになっていた。

――あれだ……。

巨大な難破船である。

やはり、日本の船ではない。こんな大きな船は、日本にはない。

底に沈んだのは、日本の船のように木だけでできているのではなく、鉄が多く使われているからだろう。荷物も多かったのではないか。

外輪も見えている。

大砲も据《す》え付けられているから、これは軍船ではないか。

鍛冶屋にあったタケノコ型の鉄塊は、砲弾だったのだ。

この船だったら、船底などにもかなり金目のものがあるだろう。もしかしたら、財宝のようなものもあるかもしれない。たいそうなものを見つけたものである。

息がつづかなくなり、海面に上がると、怒声が聞こえた。

「おい、ここはおれたちの海だぞ！」

漁師たちが、やって来たおえんの叔父たち二人に怒っていた。

「おれたちは魚なんか獲ってないぜ」

「魚はもちろん、難破船でもなんでも、この海のなかにあるものはぜんぶわしらのものだぞ」

「なんだと。これはおれたちが見つけたんだ。おれたちのものだ」

おえんの叔父が喚《わめ》いた。

密かに舟に上がった民斎は、得物を手にすると割って入った。

「待て、待て。これは当然のことだが、南町奉行所で預かる」

「え」

双方とも、突然の闖入者《ちんにゆうしや》に唖然《あぜん》となった。

民斎は、潜ろうとしていた二人に、

「本来、しょっぴかなければならないところだが、おえん坊が心配してるのを聞いてしまった。おえん坊に免《めん》じて、これまでのことは不問にしてやる。さっさと立ち去れ」

「へえ」

二人は首を縮めるようにして、あたふたと引き返して行く。

「ほら、お前たちもだ」

荒くれ漁師たちに言った。

「ええ、まあ」

漁師たちは生返事をし、そのうちなにかこそこそ話をしたと思ったら、形相を変えて舟を寄せて来た。三人とも、手には銛《もり》を持ち、一人はすでに民斎に向けて投げつけようとしている。

「馬鹿者！」

民斎はすばやく、持っていた八卦《はっけ》用の象牙《ぞうげ》の棒を投げた。

それはあやまたず、銛を構えた男の目に当たった。

「うわっ」

「あ、この野郎！」

「ぶっ殺してやる」

あとの二人にも、象牙の手裏剣が飛んだ。

「目が」

「見えねえ」

舟の上でもがいている三人に、民斎は大見得《おおみえ》を切った。

「おい。おれの刃で首を撫《な》でられねえと、わからねえようだな」

「ひえっ、お助け」

三人は必死で舟を漕いで逃げて行った。


小舟を返しがてら、お船手方に報告に行くと、まだ陽も高いのに、宴会がおこなわれていた。

ただし、外聞をはばかっているのか、手に布を巻いて手ばたきをし、静かな声で唄をうたっている。

〽ふんどし流れてのぉーえ
あー、ふんどしさいさい

――馬鹿か、こいつらは。

民斎は、難破船の発見を報告しないことにした。

もしかしてやって来るかもしれない未曾有《みぞう》の水難の日も、こいつらはこうして唄でもうたっているのだろう。そして見る見る迫った高波に慌てふためき、自分たちだけが逃げるために、船を確保しようとするに違いない。

やる気がないのは、町奉行所もいっしょである。

九

いちおう平田には報告しておこうと思い奉行所に行くと、平田は出かけていて、犬塚《いぬづか》、猿田《さるた》、雉岡《きじおか》の子分三人組が集まって、こそこそ話をしていた。

「平田さんのもどりは遅いのか？」

民斎が訊くと、

「さあな」

犬塚が首をかしげた。

「聞いてないのか？」

「おれたちだって、平田さんの行くところをすべて把握しているわけじゃないぞ」

と、猿田が言った。

「そうなの？」

てっきり、どこにでもお供するためには、行先や居場所をすべて知っているのかと思っていた。

「子分じゃあるまいし」

　雉岡が意外なことを言った。

「え？」

　てっきり子分だと思っていた。どうも雲行きが変である。

「奉行所の仕事だって、すべて平田さんの命令で動いているわけじゃない。お奉行から直接、命が下ることもあれば、おれたち自身の判断で動くこともある」

「そうだよな」

　と、民斎は大きくうなずいた。

　その当たり前のことを、いつ、悟ったのだろう。

「だいたい、なんであの人が一族の頭領《とうりょう》なわけ？　頭領なら頭領らしい力量、度量、そういうのがあるべきだろう」

　猿田が言った。

「そうだ、そうだ」

　と、民斎は言った。

「平田さんて、いっしょに酒飲んでも、勘定《かんじょう》は割るよな。頭領が勘定割るか？」

「肴《さかな》に先に箸《はし》をつけると怒るよな？」

「怒る！ しかも、その怒り方が、箸で箸をよけるようにするだろう。あれって、感じ悪いよな」

三人は愚痴《ぐち》を言い出したが、その愚痴もいかにもみみっちい。

「だが、平田さんの最大の欠点と言ったら、やっぱりあの口の臭《くさ》さじゃないか」

民斎は話の向きを変えた。

「え？」

三人はぴんと来ないような顔をした。

「あれ？ 臭くないんだ？」

「いや、臭いよ。でも、いまは臭くなくなってるぜ」

と、犬塚が言った。

「それは、おみずさんに惚《ほ》れたときだろ。あれからまた、ぶり返してたぞ」

「ちょっとぶり返した。だが、いまは、完全に消えてる」

「そうなの」

口の臭いが消え、こいつらも呪縛《じゅばく》が解《と》けたのか。平田が一族の長から下りるときが来たのかもしれない。明日にでもあいつの運勢を占ってみよう。あの、むかつくくらいの強運が消えているかもしれない。

民斎がいったん芝田町に戻ると、

「易者さん」

おえんがやって来た。

「おう、おえん坊」

「もう舟の稽古、しなくていいって」

「そうか」

「おとっつぁんも、鍛冶屋からまた駕籠屋にもどるって」

「ほう」

素直に言うことを聞く気になったらしい。

「訊かれたよ、易者さんのこと」

「なんて?」

「お前、易者になんか相談したのかって?」

「なんて答えた?」

「舟の稽古をしたくないんだけど、どうしたらいいか、訊いたと」

「そうだったよな」

「おとっつぁんは、なんだかむにゃむにゃ言ってたけど、易者さん、なんか言ってくれたの？」

「まあな」

「ありがとうね」

感謝してくれるのは、この少女だけらしい。

十

その夜──。

木挽町の長屋に戻っていた民斎は、順斎が危篤《きとく》という八丁堀からの使いで、福一郎といっしょに駆けつけた。

「大丈夫か？」

そう言いながら、地下室に下りると、順斎が布団《ふとん》にあぐらをかいて座っているのが見えた。

「おじじ……」

一瞬、良くなったのかと思ったが、顔色は土気色で、息も苦しげである。

民斎を見ると、なにか言った。

「え？　なんだって？」

耳を寄せると、

「鬼道《きどう》というのは、流れの学問だ」

と、順斎はかすれた声で言った。

「流れ？」

難破船のことが頭に浮かんだので、

「海流のことか？」

と、訊いた。

「海流だけではない。陸にも流れがあり、空にも流れがある。そのまた向こうの宇宙でも」

「…………」

また途方もない話である。

「それを念頭に置いて、鬼占いをするのじゃ」

「やってみるよ」

「毎日やれよ」

「毎日は無理だよ。あれはものすごく疲れるんだから」

「疲れるなんて言ってる場合か」

「だったら、おじじが」

「わしはもう元気がない。どうせなら、やって来る未曾有の危難というのを味わいたかったよ」

「大丈夫。味わえるから」

「わしの遺骸《いがい》は海に流してくれ」

そう言った途端、鬼堂順斎はあぐらをかいたまま、真後ろにひっくり返った。

「おじじ！」

民斎が声をかけると、

「無駄だよ。さっきから心ノ臓は止まっていたんだ」

「…………」

「おじじ、鯖《さば》を読んで、九十いくつだと言ってたけど、ほんとは今年、百歳だった」

「へえ」

まさに大往生《だいおうじょう》だった。

第三の宝

一

八丁堀の鬼堂家では、順斎の通夜《つや》がおこなわれていた。亡くなったのは一昨日《おととい》の夜だったが、遠方から来る弔問《ちょうもん》客も多いというので、一日空《あ》けて本日の通夜、さらに明後日の葬儀ということにしたのだった。

夕方から、次々と弔問客が押し寄せて来た。驚くほどの人数である。百坪《つぼ》足らずの敷地に立つ同心の家だから、ときおり家に入り切れずに、門の外に列ができるのだ。その列が、いちばん多いときは五百人を超《こ》えていた。歌舞伎《かぶき》の大名跡《だいみょうせき》でも亡くなったのかと思えるほどである。

あんな、ずうっと地下室に籠《こ》もっていた年寄りを、いったい誰が覚えていたのか——民斎は不思議でしょうがない。そのことを姉のみず江に言うと、

「それが鬼堂家の重みじゃないか」

と、言った。

民斎は喪主《もしゅ》なので、ちゃんと早桶《はやおけ》のそばに座って、悔《く》やみの言葉を聞かなければいけない。だが、ずっと座りっぱなしも疲れるので、ときおり姉のみず江に替

わってもらい、後ろのほうの席で休憩《きゅうけい》を取っている。

いまも、民斎が廊下に出て煙草《たばこ》を吸っていると、弔問客の噂話《うわさ》が聞こえてきた。

「まだ、生きてたんだなあ」

「ああ。とっくに亡くなったのかと思ってたよ」

「ほんとは、民斎のおやじの寛斎《かんさい》が亡くなったんじゃないのか？」

「三年前に亡くなったのが、順斎か」

「なんせ、ここの家は怪《あや》しい家柄だからな」

奉行所の奴《やつ》らが、適当なことを言っている。

順斎が三年前に九十七歳で死のうが、一昨日、百歳で死のうが、たいして変わりはないだろう。ただし、鬼堂の家柄が怪しいというのには、民斎も賛成だった。自分で言うのもなんだが、怪しいことは、この上ない。

先ほどは、南北の町奉行が弔問に来ていた。南の矢部駿河守《やべするがのかみ》はともかく、北町奉行の遠山景元《とおやまかげもと》まで来てくれたのには驚いた。葬儀のほうには、老中や若年寄も何人か来てくれるらしい。

奉行所からは与力のほとんどと、同心のほぼ全員が、次々に訪ねて来た。

皆、線香を上げ、適当な悔やみの言葉を言うと、すぐに帰ってしまうが、平田源三郎と三人の子分だけは、まだ帰らずに残っていた。ただ、子分たちと平田の仲は、いまもしっくり行ってないようで、離れて座っているのはおかしかった。

陽《ひ》もだいぶ落ちて薄暗くなってきたころ、

「ほっほう、ほう。ほっほう、ほう」

外で福一郎が鳴き出した。たぶん、妙な弔問客が来たのだ。

熊のような男が入って来ると、早桶の前で、

「うぉーっ」

と、声を上げて泣き出した。

「民斎。奥州《おうしゅう》鬼堂家の頭領《とうりょう》だよ」

姉のみず江がそばに来て、民斎に耳打ちした。

「奥州鬼堂？　そんなのがあるのか？」

「当たり前だろう」

奥州鬼堂家の頭領は、ひとしきり泣くと、香典だけ置いて、急いで帰って行った。

次に、大店《おおだな》のあるじのような男が来ると、

「あの人は、九州鬼堂の副頭領さ」

と、みず江は言った。

「九州から来たのか？」

「いや、あの人は芝《しば》で〈雲仙堂《うんぜんどう》〉という線香屋をやっているのさ」

なんとなく見覚えがある。

もしかしたら昔、会ったことがあるかもしれない——そう思っていたら、

「民斎どの、ご立派になられて」

と、声をかけられた。如才《じょさい》ない物腰である。

「いやいや」

「順斎さまも安心して、あの世に旅立たれなさったでしょう」

「どうですかね」

たぶんそんなことはない。

それにしても、江戸のほうぼうにこういう縁者がいると思うと、うかうか易者《えきしゃ》もしていられない。

雲仙堂は、隣の部屋に入った。しばらく酒を飲んで行くつもりらしい。

「ほっほっほっほ、ほう」

福一郎が風雲急を告げるように鳴き始めた。

潮の香りがして、玄関に三人の男たちが現れた。

「民斎。波乗一族だ」

「え？」

思わず刀を引き寄せた。

「よせ、民斎」

みず江がたしなめるように言った。

「斬《き》り込みじゃないのか？」

「葬儀のときは休戦だ。昔からそういうことになっている」

「聞いてないぞ、そんなことは」

「おまえはいいのだ。あたしが聞いていたから」

「…………」

肝心なことは伝えられず、変な占いだけさせられるのが鬼堂家の当主というものらしい。

「波乗一族の頭領で、三十五《さんじゆうご》と申します」

三人のうち、いちばん若い男が、民斎に改まった挨拶《あいさつ》をした。

「波乗三十五どの。変わったお名前ですな」

こんなときでなかったら、画数を占いたい。じっさいの歳《とし》は、二十五半ばといったところだろう。

「当主は代々、この名を名乗るのです。板切れ一枚で、三十五間《けん》（約六十三メートル）の巨大な波に乗るという意味合いなのですよ」

「本日は、壱岐《いき》から？」

まさか、一日で来られる距離ではない。

「いやいや、ちょうど伊豆の沖にいましてな。報《しら》せがあったので、順風を満帆に受けて、ぴゃーっと築地の海まで」

人間はいかにも軽そうだが、変な迫力はある。

「波乗一族は、壱岐に住んでおられる方以外は、皆さん、船の上で暮らされているのですか？」

民斎はつい、この妙な一族に興味を持ってしまった。

「いやいや、そうしたいが、なにせ一族に連なる者は三十万人ほどおりますので」

「三十万人？」

「それでも、鬼堂家の半分ですからな」

「………」

これもまた聞いていない。ということは、この鬼堂民斎は六十万人を束《たば》ねる総《そう》帥《すい》なのか。

民斎が話していると、

「よう、波乗」

平田源三郎が隣の部屋から顔を出した。

「これはこれは、桃太郎さんのところもいらしてましたか」

「なんだよ。また、退治してやろうか」

「相変わらず、嫌《いや》みな冗談を」

「ま、こっち来て、一杯飲め。たいした酒ではないがな」

平田の口の臭いは薄くなったが、態度のでかさは相変わらずである。

二

次々に弔問客が来るので、平田たちに付き合ってはいられない。そのうち喉《のど》が渇《かわ》いてきたので、台所に行った。

いつもは女っけなどない台所で、大勢の女が働いていた。寂《さび》しかった台所が、なにかの舞台になったみたいである。ふだんはまるでない化粧の匂いまでして、民斎もつい浮かれたくなる。

水甕《みずがめ》の近くにいた女に、

「すまんが水を」

「はい」

ひしゃくで汲《く》んでくれた女の顔を見て、

「お壺……」

民斎、愕然《がくぜん》とした。

「お久しぶりです」

「いや、久しぶりではないぞ。この前、あんたが大きな亀に乗って、築地から出て行くところは見かけたけどな」

「ああ、沖の船に行こうとしていたときですね。みっともないところをお目にかけてしまいました」

みっともなくなどない。あれを芸にしたら、たいそう人気を集めるだろう。

「なんで、ここにいるのだ？」

「それは鬼堂家の元当主のご葬儀ですから」

「おやじの葬儀には来てなかっただろうが」

「寛斎さまは、当主にはなり切れずに亡くなられましたから」

「どういう意味だ？」

「鬼占《おにうらな》いを会得《えとく》できないままだったのです」

「そうなのか」

おやじが晩年、いつも苛立《いらだ》ったようだったのは、そのせいだったのかもしれない。

「民斎さまはご自分が、鬼堂家に久しぶりに現れた逸材だということを、そろそろご自覚なさいませ」

「…………」

どこが逸材なんだか。

「雷神石《らいじんせき》を手に入れたそうですね」

「…………」

やはり波乗一族が狙《ねら》っていたのか。

「あれは、もともと波乗一族が持つべきものなのですよ」

「そんなことは聞いていない」

「民斎さまには、余計な話は伝えられないのです。鬼占いに乱れが生じますから」

「そうなのか」

なんか、寄ってたかって馬鹿にされている気がする。

わけもわからず、天の声みたいなものをぺらぺらしゃべっている自分など想像したくもない。それでは、ほとんど狐憑《きつねつ》きと変わらないではないか。

「鬼占いもなあ」

民斎はふてたような顔で言った。

「なんです?」

「最近、あまりやってないし、やりたくないんだよな」

嘘《うそ》ではない。あれはほんとに疲れるのだ。

「まあ」

「やってて面白いものでもないし」

「そういうものではないでしょうよ」

「占いというのは、本来、けっこう面白いものなんだ」

「他人の運命をのぞき見するようなものですからね」

「一子相伝とかは、やっぱりよくないよな」

「なぜです？」

「技や極意というのは、どんどん公《おおやけ》にして、皆でこの世をいいものにしていくべきなんじゃないか？」

「はあ、あたしにそういうことを言われましても」

「誰か代わりにやれる奴を探すか」

「無理だと思いますよ。まずは三宝《さんぽう》を揃《そろ》えたうえでの話でしょうが」

「三宝？」

またしても初耳である。

「三つの宝のことでございますよ」

「珍《ちん》なる宝じゃなくて？」

民斎がにやにやしながら訊いた。

「珍なる……元妻に、くだらない冗談はおっしゃいますな」

お壺は、手厳しい調子で言った。

「青光玉《せいこうぎょく》、雷神石、それともう一つあるはずです。青光玉は本来、鬼堂家にあったもの。そして雷神石は波乗一族」

「では、もう一つは……」

「桃太郎派に」

「桃太郎派って言うな。なんかいいものみたいじゃないか。平田族とか、平田系でいいだろうが」

「平田さまには苛《いじ》められてましたからね」

お壺はくすっと笑った。

「それより、お前はなぜ消えた？」

こういうときでないと、なかなか訊《き》けない。

「順斎さまはなにもおっしゃってなかったのですか？」

「聞いてないな。おれには言いたくなかったんだろう」

「では、あたしも言いたくありません」

「なんだよ」

おれはお前が好きだったんだぞ、と言おうとして、近くで亀吉がこっちを見て
「すまん」

いるのに気づいた。

「か、亀吉姐《ねえ》さん……」

「すみません。女手は多いほうがいいかと思って」

「いや、忙しいのに申し訳ない」

民斎が恐縮すると、

「あたしらも奥さまには挨拶させてもらいましたよ」

なんとおみずまで来ていた。

「奥さまではない。離縁したのだから」

民斎がそう言うと、お壺もうなずいて、

「はい。それは間違いありませんから」

亀吉を見てきっぱりと言った。

「なんか、ここにいる女は、皆、気が合いそう」

そう言ったのは、おみずの友だちの、たしかおけさではないか。

「ほんとね」

姉のみず江までこっちに来ていて言った。

「もっと早くにこういう機会があればよかったわね」

亀吉がそう言うと、

「一段落したら、わたしの店でぱぁーっと楽しくやりましょうよ」

おみずが言った。

「…………」

民斎は呆《あき》れて言葉も出ない。

亀吉とお壺は、呉越同舟《ごえつどうしゅう》ということにはならないのか。この女たちが酒を酌《く》み交《か》わしながら、なんの話をするのか。

民斎の胸のうちには、ものすごく微妙で、複雑な感情が渦巻いている。

三

ようやく弔問客が途切れたので、民斎は酒を飲んでいる部屋に入った。晩飯を食う暇《ひま》もなかったので、民斎は酒よりもちゃんとしたものを腹に入れたい。

残っているのは、平田と三人の子分、それから波乗三十五と、いかにも屈強な二人の手下だけだった。

民斎が座ると、

「久しぶりに、三派の長が揃ったわけか」

と、平田が言った。

「わたしは、そんな経験はないぞ」

民斎が、のびてしまったそばをつけ汁に入れて、かきまぜながらそう言うと、

「おれも前回は子どもだったから、よく覚えていないんだ」

と、波乗三十五が言った。

「前回は十五年前だよ。波乗家の前の当主が亡くなって、おれは順斎と同じ船で壱岐まで行ったのだ」

平田が懐かしそうに言った。

「ほう」

民斎は聞いていない。

「そのとき、順斎が手打ちの話を持ち出し、波乗家から嫁を鬼堂家に入れることを言い出したのさ」

「ははあ」

「順斎はなかなかたいした男だった。もっとも、波乗家も次の三十五がまだ子どもだったのでやれた相談だったかもな」

平田は皮肉めいた口調で言った。

民斎はのびたそばを食べ終えてから、

「だが、いつまで三者の争いをつづけるんだ？」

と、訊いた。

「そうなのさ。どうも、事態はそれどころではないような気がしてきた」

波乗が言った。

「それどころではない？　そんなに危機は差し迫っているのか？」

平田の問いに、

「たぶんな」

波乗はうなずいた。

「ここらで手打ちをしたら？」

いつの間にか、後ろに来ていたみず江が言った。隣の部屋には、片づけを終えたお壺もいる。亀吉やおみずたちは、帰ってしまったらしい。

「そうだよな」

意外にも、平田がうなずいた。

「その気があるのか？」

民斎は驚いて、平田に訊いた。

「ないわけではないさ」

「はっきりしない返事だな」

民斎が鼻で笑うと、

「だが、手打ちをするのであれば、平田のところにあるはずの、三宝の一つを出してもらいたいよな」

と、波乗三十五は言った。民斎はさっきお壺から聞いたばかりだが、波乗三十五はすでに知っていた。

「三宝の一つ？」

平田はしらばくれた。

「それは鬼堂家としても同感だな。未来を知るための鬼占いには、三宝が必要になるらしいからな」

と、民斎も言った。

「そんな話はわしも聞いたことはある。だが、どこにあるのかはわからないのだ」

「ふざけるな」

波乗三十五が怒った。

「鬼堂家に青光玉、波乗家に雷神石、そして平田家にもなにかあるはずなのだ」

民斎がそう言うと、

「だが、雷神石はいま、鬼堂家に行っている。あれを波乗一族に返してもらおう」

「いいだろう」

民斎は、地下の順斎の部屋から持って来た。

「これがそうか」

波乗三十五は、恐る恐る石を抱いた。

ぴちぴち音がしている。

ついでに、青光玉も持って来て、前に置いた。

こっちも不気味に光っている。

「三宝の霊力に囲まれながら、民斎が鬼占いをするのです。それで、途方もない大津波から救われる道がわかるはずです」

お壺が言った。

「あたしもそう聞いている」

みず江がうなずいて、

「さらにそれを助けるのは女の踊りね」

「そうなの？」

お壺はそれについては知らなかったらしい。

「急にそんなこと、言われてもなあ」

平田はまだとぼけている。


平田の本心を探るため、外に飲みに行くことにした。

「どうせなら、女がいる店がいいな」

と、波乗三十五が言った。

若い男の言う台詞《せりふ》ではない。五十のおやじの台詞である。

「おみずのところはどうだ？」

と、平田が言った。

「やめとけ」

民斎が叱《しか》るように言った。

もう、平田に敬語は使わない。いちおう鬼堂家を代表する立場なのだ。

「なぜだ?」

「おみずなんかに口を挟《はさ》まれたら、まとまる話もまとまらなくなるだろうが」

「たしかにそうだな。じゃあ、おれの行きつけの店に行くか」

平田が言った。

「頭領、あっしらは疲れてるので、一足先に船に帰ってますが」

波乗の子分たちが言った。

「ああ、かまわんよ。今宵《こよい》は通夜だ。罰当たりなことはしないさ」

すると、平田の子分の犬塚、猿田、雉岡も、

「平田さま。おいらたちも」

「わかった。もう寝ろ」

平田も一人になった。

平田を案内役にして向かったのは、魚河岸《うおがし》に近い飲み屋だった。

一階がごく普通の飲み屋だが、

「女将《おかみ》。二階だ」

「はい。わかりました」

女将は綱を引き、二階に上がるための隠し階段を下ろした。急な階段を這《は》うよ

うにして二階に上がる。

「ほう、これは……」

廊下には提灯《ちょうちん》がずらりと並んでいる。

部屋は幾《いく》つあるのか、たぶん四つ。

若い衆が現れて、

「これは平田さま。珊瑚《さんご》の間でお待ちを」

そう言っていなくなった。

その珊瑚の間に入った。

「おい、民斎、奉行所にはないしょだぞ」

「こんな話、言えるか」

ほとんど吉原《よしわら》の見世《みせ》である。

それも、二流の見世。

その感想を平田に言うと、

「吉原は二流がいいんだろうが」

と、ほざいた。

「そうなんですか？」

波乗が訊いた。

「男がいちばんホッとするのは、二流の女に二流の場所。気張って喜んでるような奴は、ほんとの楽しみを知らねえのさ」

「町方の与力のくせに、よくこんな店を知ってますね」

「わしらはなんでも知ってないと駄目《だめ》なのだ」

色気を剝《む》き出しにした下衆《げす》な宴《うたげ》。

だが、波乗三十五は大喜びである。

「平田さんよ、しけ込んでもいいのか？」

波乗はだらしない顔で訊いた。

「おう、しけ込め、しけ込め」

波乗三十五も平田も、他の部屋に行ってしまった。民斎は喪中だから、さすがにしけ込みはしなかったが、けっこういい気分で騒いでいた。

ただ、頭の片隅では、

――こんなことで何百年もつづいて来た三派の確執が、本当に消え失《う》せるのか。なにかとんでもない落とし穴が待っているのではないか。

そんなことを思っていた。

四

翌朝――。

民斎は、木挽町の長屋のほうで目を覚ました。みず江に怒られるのが怖くて、役宅ではなくこっちに帰って来たらしい。こうなれば、湯に入ってさっぱりしてから、向こうの家に行くつもりである。

ただ、二日酔いで、頭は割れるようである。

どうもあのあと、波乗三十五が「もう一軒、行こう」と騒いで、結局、葭《よし》町の女形《おやま》もどきの店に行ったらしい。

民斎は、女形もどきの店なんか知らないから、たぶんあそこも平田の行きつけなのだろう。元相撲《すもう》取りという巨体の女形もどきがいて、ふざけて押し倒して来たりして、民斎はまだ骨がみしみしいっている。

波乗は途中でもどしたりして、もう大騒ぎだった。

福一郎もずうっとついて来ていたのだが、明け方、帰るときにはいなくなっていた。さすがに呆《あき》れたのかもしれない。

結局、平田は宝のことをひとことも言わなかった。

あれだけ酔っても言わないというのは、ほんとに知らないのだろう。

だが、そういうものなのである。ちょっと長い文句を、次々に伝えていくという遊びがあるが、あれも二十人くらい回ると、とんでもない文句に変わっていたりする。家宝なども、しょせんは時の風化にさらされてしまうのだ。

ふと思い立って、平田のことを占ってみることにした。

もともと強運の持ち主である。

持って生まれた運勢は、そうかんたんに変わらないはずだが、このところの大自然の変動から当然、影響を受けているはずなのだ。

当人が目の前にはいないので、まずは姓名の平田源三郎を占ってみる。

やはり、いい。

これが源二郎だと、思いっきり悪くなるのだが、棒が一本増えているだけで、抜群の運勢に変わっている。よくもこんないい名前をつけたものである。

次に、八卦《はっけ》で試してみる。本当は筮竹《ぜいちく》というのは当人に引かせたほうがいいのだが、たいがいの易者は自分で引いているので、それでいいだろう。

――これもだよ。

やはり、いいのだ。百歳前後で死ぬことになっている。しかも、前日までぴんぴんしていて、酒に酔ったまま、すうっとあの世行きと出る。

では、平田は大津波を無事に乗り越えられるのか。地割れに落ちることもないのか。もしかしたら、わたしの力で、これからやって来る未曾有《みぞう》の危機を無事に乗り越えているというのか。

「あいつのために働くのは嫌《いや》だぞ」

と、民斎は思わず口に出して言った。

食欲は湧《わ》かないが、なにも食べないのは身体《からだ》に毒だろうから、そば屋でざるそばを一枚だけ食べ、それから湯屋に行ってサッと湯を浴び、長屋にもどって来た。

高畠主水之介が、机に向かって書物に読みふけっているのが見えた。今日はまた、一段と難しい顔をしている。高畠も、当然、順斎の葬儀には来てくれた。だが、手を合わせながら、

「面倒ごとが起きそうですが、どうぞ、順斎さまがあの世のほうでお導きください」

と、祈る声が聞こえた。

「よう、先生」

「これは、これは、鬼堂家の御曹司《おんぞうし》。こちらに来ていてよろしいのかな？」

またも高畠の言葉遣いが変わった。いよいよ民斎を鬼堂家の頭領と認めてくれたのかもしれない。

「葬儀は明日ですからね。それより朝から精が出ますね？」

「なあに、どれも鬼堂家の秘密についての書物ですよ」

と、机の周りの書物を指し示した。

「でも、それって、漢語じゃないですか？」

「そうです。鬼堂家らの戦いは清国《しん》の歴史のなかにも出てきますからな」

「清国の……」

「どうも、有名な『三国志《さんごくし》』の争いとも重なっているようですな」

「『三国志』って、あの鍾馗《しょうき》さまが戦うやつ？」

「それはたぶん関羽《かんう》とごっちゃになっているのでしょうな。ただ、それくらい昔からあるということです」

「そんなに長いのですか。だが、それももう終わると思いますよ」

「どうしてです？」

「昨日、通夜の席で三者の手打ちについて話し合ったんですよ」

「手打ち？」

「それから三人で、明け方まで仲良く飲み歩きましたよ」

「へえ」

「もう、そんな場合ではありませんからな」

ほんとに、なんとくだらぬ争いの歳月だったのだろう。

ところが、民斎のさばさばした気分に水をかけるように、

「だが、おそらく難しいでしょうな」

と、高畠は悲しげに首を横に振りながら言った。

「なぜです？」

「二者同士の仲違《なかたが》いなら、どうにかなります。決着もつきます。ところが、三者の仲がこじれていると、仲直りはまず不可能ですな」

「そんなことはないでしょう。まず、二者同士が仲直りをして一つになる。それからもう一派と仲直りをすればいいだけのこと」

たぶん、先に波乗一族と親書かなにかを取り交わすのではないか。そうすれ

ば、平田だって応じざるを得ないだろう。

「ところが、そうはいかないのが三《み》つ巴《どもえ》の厄介《やっかい》なところです」

高畠はまったく期待していないらしい。

五

夕方、宵闇《よいやみ》が迫りかけたころ――。

八丁堀の役宅に、波乗三十五がやって来た。

昨日の家来のほかにお壺も伴っていた。

「昨夜はどうも」

波乗三十五は、にやにやしながら言った。

「いや、こちらこそ」

「だが、平田さんは結局、吐きませんでしたな」

「ほんとにわからなくなっているのかもしれませんな」

「どうなんでしょうねえ」

波乗三十五は首をかしげた。

早くも三者の仲直りに影が差したのか。

「じつは、とある学者から、二派の仲直りはかんたんだが、三者は難しいと言われましたよ」

「ほう。そういうものかもしれませんね」

「波乗一族というのは、最終的には海の上で生きていくことを目標としているのですよね？」

民斎は改まった口調で訊いた。

「そうです。遊牧民族のように、海を移動して生きていくのです。暮らしはすべて海の上です」

「だが、船だって傷《いた》むでしょうし、野菜や米も食いたくなるのでは？」

「それはそうでしょうな」

「そのときは陸を襲撃するので？」

だとしたら、始終、戦《いくさ》を仕掛けられることになる。

「いや、船の上で木を育て、野菜や米をつくる方法も考えています」

「ほほう」

なかなか面白いことを考えている。

「大津波が来るなら、生き延びる手段はそれしかないのでは?」

「どうでしょう」

とりあえずは船で逃げることにはなるだろう。

「山のてっぺんにでも逃げますか?」

波乗三十五は、からかうような口調で訊いた。

「そんなときは、山も火を噴《ふ》くでしょうな」

と、民斎は言った。

「そうか、そうなのか」

波乗三十五は、初めてそれに思い至ったような顔をした。

「鬼堂の見通しはどうなのです?」

波乗三十五が訊いた。

「そういう話はしたことがないのですが、わたしは海の上だけで生きるのは難しい気がしますな。やはり、ほどほどでやっていくしかないのでは」

だが、水が引くとは限らないのだ。地上はすべて、火を噴く山と海だけの世界になるのかもしれない。

「平田のところは、あくまで陸地に固執《こしゅう》してますよ」

と、波乗三十五は言った。

「そうなのですか?」

「昨夜もちらりとそんなようなことを言ってましたよ。こう言っちゃなんですが、平田の血はしょせん、米食ってりゃ満足って血なんですよ」

波乗は馬鹿にしたように言ったので、

「だが、あんたの大好きな酒だって、米からつくるんでしょうが」

と、言ってやった。

「そうなんだよなあ。ワカメからつくる酒はないですかねえ」

「ワカメ酒ってのは聞いたことはあるが、たぶん別物でしょうし」

民斎は小声でつぶやいた。

「なあ、鬼堂さん。平田さんはやはり駄目でしょう。しょせん桃太郎のところは信用できないんですよ」

波乗は言った。

「だから?」

「こうなったら、平田のところに押し入って、無理やり奪ってしまいましょうよ」

「なんだかわからないのを奪えますか?」

「行けばわかるでしょうよ。大事にしていることは間違いないのだから」

「そうだな……」

とりあえず、平田の家に行ってみるのはいいかもしれない。

もちろん、襲うのではなく、探させてもらうのだ。

「そうするか」

と、民斎の役宅と同じ八丁堀の平田家に向かった。

六

すでに陽は落ち、あたりは真っ暗である。

二人は平田の家にやって来た。

ごくふつうの八丁堀の与力の家である。

「桃太郎派の総師の家にしては、たいしたことはないですな」

波乗三十五が正直な感想を言った。

「そんなこと言ったら、わたしのところなんか……」

木っ端《こっぱ》役人と言われる町方《まちかた》の同心の役宅なのだ。

「ま、おふた方とも宮仕えをなさってますからね」

波乗三十五は取り繕《つくろ》うように言った。

大勢の人間の気配を察したのか、平田の周りの家々に明かりが灯り、玄関から門のところに人が出て来た。それぞれ、犬塚、猿田、雉岡だった。こいつらは、住まいも親分の周りを囲むようになっているらしい。

「なんだ、鬼堂？」

犬塚が訊いた。

「平田さんに話があるんだ。別にお前たちが同席しても構わぬぞ」

「いや、いい。平田さまはわしらが家に入るのを嫌がるから」

「そうなのか。では、どうやって話をしているんだ？」

「そ、それは庭の垣根の隙間からだ」

犬塚が恥ずかしそうに言った。

「夜分にご免。波乗と鬼堂さんだが、ちと話があって参りました」

波乗が玄関口から声をかけた。

平田は、寝巻に近いくつろいだ恰好《かっこう》で現れ、

「ああ、まあ、どうぞ、どうぞ」

　気乗りしない顔で、民斎たちを招き入れた。

　客間は、家族がくつろぐ居間の隣にあり、襖《ふすま》が開いていたので、自然と家族を紹介するかたちになった。

「妻のおまさに、長女のおけい、長男の鷹太郎《たかたろう》に、次男の隼人《はやと》だ」

「どうも、どうも」

　民斎は挨拶しながら、内心で驚いていた。

　意外に平和な、なんの毒っけもない家だった。

　とびきりの美人ではないが、感じのいい奥方。

　しっかり者らしい姉、やんちゃな弟、そしてハイハイをしている赤ん坊。

　どこにも毒っけがない。紹介する平田自身も、いつもの毒臭さが消えている。

　あれだけ不愉快な毒をまき散らしている男が、家に帰るとこうなるのか――。

「じつは、例の宝のことで来たのですよ」

　と、波乗三十五が言った。

「だから、ないんですよねえ」

「そんなはずがないんですよ」

「そこまで言うなら、探してもらってかまいませんよ」

「いいんですか?」

平田は奥方のほうを見て、

「お前たち、今晩は犬塚の家で休ませてもらいなさい」

と、優しい声で言った。

「わかりました」

奥方が素直にうなずくと、子どもたちはそれぞれ支度《したく》を始めた。赤ん坊もそろそろ眠くなるころだろうに、おとなしくしている。

「ちゃんと湯に入れてもらいなさいよ」

平田が子どもたちに声をかけた。

こんなにそぐわない言葉があるだろうか。

出て行こうとしていた真ん中の男の子に、

「偉いな」

と、民斎は声をかけた。

「うん」

「父上のことは好きか?」

「当たり前さ。父上は正義の味方だからね」

「そうだな」

ちらりと平田の顔を見ると、なんとも照れ臭そうな顔をしている。

平田は、自分一人になった家のなかを示して、

「ほら、どこでも納得行くまで探してくださいよ」

と、言った。

まずは一人一部屋ということで、しらみつぶしに探すことにした。それらしいものがあれば、いちいち検討する。

民斎が調べ出した部屋には、仏壇と神棚があり、探し甲斐《がい》がある。仏壇には先祖の位牌《いはい》のほかに、阿弥陀《あみだ》さまの銅像まで置いてある。

まさか、阿弥陀さまが——と思いつつ、いちおう調べなければならない。手に取ってみるが、とくに変わった力は感じない。青光玉も雷神石も、ちょっと見でも変だし、手に持ったらさらに得体の知れない力を感じるのだ。

「やはり、違うな」

阿弥陀さまをもどし、神棚の上を探った。ここも、どこの家にもあるようなものしかなかった。

つづいて畳を上げ、はめ板もどかし、縁の下を見た。甕《かめ》が三つほど置いてあった。半分、土に埋まっているばかりか、甕は鉄でできているので、重くて動かすこともできない。油紙を取り、乾いた粘土を割ると、ようやく蓋《ふた》が出た。これを開けると、なかに小判がぎっしり詰まっているのが見えた。

小判のなかに隠したかもしれない。手ですくい、畳の上にぶちまける。ちゃきちゃきという音に、平田が飛び込んで来たが、

「ぜんぶ調べさせてもらいます」

そう言うと、文句も言わずに民斎の手元を眺めた。

一つの甕にざっと三千両。それが三つ。

これを見ても、やはり平田の家は、一派の頭領なのだと改めて思う。もちろん、鬼堂の家にもこれくらいの金はあるはずである。

だが、探しているのは金ではない。

――この金が詰まった甕は、囮《おとり》かもしれない。

そう、閃《ひらめ》いた。多額の金の少し離れたあたりに埋めておけば、見逃されがちだろうと考えたのではないか。

そう思ったら、縁の下のすべてを掘り起こさないと気がすまない。

ほかの連中がもっぱら家のなかを探るあいだ、民斎は縁の下の土を、掘って掘って掘りまくった。

へとへとになってすべて掘り返したが、なにも出なかった。

「どうでした？」

波乗が訊いてきた。

「駄目ですねえ。こっちも見つかりませんねえ」

と、民斎は言った。

いささか疲れてきたが、諦《あきら》めるわけにはいかない。

七

「次は庭を掘ってみますか？」

民斎が縁の下から上に出てそう言うと、

「鬼堂さん。もう、いいでしょう」

と、波乗三十五が言った。

「なぜです？」

「あとはおれたちがやりますから、鬼堂さんは休んでいてください」

「ほう」

嫌な雰囲気である。

民斎は縁の下に集中し過ぎたかもしれない。

そのあいだに、波乗三十五と平田の姑息《こそく》な策がまとまったみたいである。

そういえば、途中、水を飲みに台所へ行ったとき、平田と波乗が薄笑いを浮かべながら話をしていた。

「ははあ、あんたたちで結託して、おれを殺そうというのですな？」

「殺しはしませんよ。なんせ、鬼堂さんの鬼占いはおれたちにとっても必要なものですからね」

と、波乗が言った。

「だったら、くだらぬことはやめるべきでしょうな」

高畠と話してから、いちおうこういう状況も想定してはいたのである。

まず、二派にしておいてから、決着をつける。多数になったほうが勝つ。

だが、その場合も、自分はぜったい外されないだろうと、民斎は思っていた。

波乗が言ったように、鬼占いは必要不可欠だからである。

意外ななりゆきだった。

「鬼堂民斎は殺しはしません。だが、がんじがらめに縛り、すべておれたちの言いなりになってもらいます」

波乗三十五は、得意げに言った。

「呆れたね」

民斎は言った。

「だいたい鬼堂家は、手近なところに味方を置かなすぎますよ」

波乗がそう言うと、庭のほうにぞろぞろと人影が現れた。

「そうですかね」

「頭領が一人だけでしょうが」

波乗家は、頭領を守る二人がいて、平田のところも犬塚、猿田、雉岡が来ている。

「まさか、逆らったりはしませんよね？」

「いやあ、おとなしく縛られるわけにはいきませんよ」

と、民斎は答えた。

ゆっくり庭へ出ていく。

同時に、波乗と平田も外に出た。

「七対一の戦いになりますよ」

波乗三十五がそう言うと、

「そうでもないよ」

家の裏手からみず江が現れた。ちゃんと後をつけてくれていたらしい。

「姉さん……」

「これで七対二ってこと」

みず江がそう言うと、頭上から、

「ほっほっほう」

と、声がした。

「ふくろうの福一郎も助けてくれるようですな。これで七対三」

と、民斎が言った。

「女とふくろうに頼っているようじゃ、鬼堂家も終わりでしょうよ」

波乗が笑いながら言った。

まず、背後から手裏剣が来た。波乗の子分が投げたらしい。

命は奪わずに縛り上げるとは言ったが、怪我《けが》をさせるくらいは厭《いと》わないのだろう。

「たあっ」

民斎は、抜き放った刀で、手裏剣を難なく叩き落とした。

その手裏剣を放った波乗の子分に、腰に下げた筒から筮竹を抜き、投げつけた。

「うわっ」

額《ひたい》の真ん中に命中した。運命が変わるくらいの痛みを覚えたはずである。真後ろにひっくり返り、早くも戦う気力を無くしたらしい。

犬塚、猿田、雉岡の三人も、立場上、戦う姿勢は見せたが、やる気が失せているのは明らかで、みず江の鉄拳や蹴《け》りを食らって、これもたちまちのびてしまった。というか、のびたふりをしているのだろう。

波乗のもう一人の子分には、福一郎が筮竹を咥《くわ》え、上空から落としてくれた。

「ん？」

手裏剣を打とうとするのを、民斎が筮竹を放って、この子分も気絶。

「福一郎。気持ちだけは受け取ったが、ちっと高いところに行っててくれ」

「ほっほう」

素直に上空へ飛び去った。

すでに、平田源三郎と波乗三十五、民斎とみず江の戦いになっている。

「てや、てや、てや」

妙な掛け声とともに平田が繰り出すのは、〈桃割り剣〉と自称する、単に上から真下へ振り下ろすだけの剣である。単純で愚直極まりない剣だが、しかしこれがなかなかやっかいである。

「えっさっさあ、えっさっさあ」

と、もう一人の波乗三十五の剣は、まるで踊っているような、波を感じさせる剣だが、これも意外に手ごわい。こうして見ると、やはり二人とも、頭領たるべき資質は備わっているのだろう。

一方のみず江は、剣を使わない。拳と蹴りだけの、護身術に近い武術なので、どうしても剣には圧倒される。

平田の剣がみず江に向かった。

そのとき――。

「みず江さん、危ない！」

横からお壺が飛び出した。

「あっ」

平田の剣がお壺の背中を深々と斬り裂いた。

「しまった」

平田も斬るつもりはなかったらしい。

「姉さん！」

波乗三十五が叫んだ。

お壺は、当主の姉だったらしい。だが、薄々そうだろうとは思っていたのだ。

「やめだ、やめだ！」

民斎が叫ぶと、平田も波乗も刀を収めた。

波乗がお壺を助け起こした。

「三十五、もうくだらぬ戦いはおよし。そんなことより、あたしたちは未曾有の天災と戦わないといけないのよ」

お壺の下の地面に、血が広がっていく。

「お壺、しっかりしろ」

民斎は声をかけた。

「あなたには、謝らなければならないことがあります」

お壺はかすれた声で言った。

「なんだ？」

「寛斎さまを手にかけたのはわたしでした」

「やはりそうか」

「寛斎さまは、あたしを密偵だと疑い、斬りかかってきたのでやむなく……どうか、この世をお救いくださいまし」

お壺の首ががくりと折れた。

それからしばらく、誰も動こうとはしなかった。

夜が明けて来ていた。平田家の庭が、朝日に輝き出した。

――ん？

あざやかな桃色が見えた。

桃の木が秋なのに花を咲かせていた。

「平田さん、あれは桃の木ですね？」

「そうですよ」

「いつからあります？」

「たぶんおれが生まれる前からでしょうな。変な木で、ああしてしょっちゅう狂い咲きするのですよ」

「変なのではないですよ。桃こそ、平田家の宝なのでしょうが」

「あ、そうか」

平田がそう言うと、波乗がぱしっと手を叩いた。

「桃の実はありませんか？」

「ないですな。いまどきは花は咲いても実はならない」

「では、花を使うか」

庭に出て、花の咲いた枝をもいだ。

ふわふわと、かすかな霊力は感じる。だが、花ではやはり霊力が弱い気がする。

桃太郎に、実から生まれたという伝説がある。それはやはり、実にこそ霊力があるからだろう。

それを平田に言うと、

「あ」

平田は目を見開いた。

「なんです？」

「妻が子どもが食べるようにと、桃の果肉を砂糖といっしょに煮たものがあります」

「それでいいでしょう」

平田が台所から桃煮を出してきた。

八

順斎の葬儀は、変わったこともなく、粛々《しゆくしゆく》とおこなわれた。葬儀を終えると、深川にある菩提寺《ぼだいじ》に葬《ほうむ》り、とりあえず喪主である民斎も、世間への体面は保つことができた。

お壺のほうは、船で密葬をおこない、海に葬るという。それが波乗一族のしきたりらしい。

ただ、この日も順斎の葬儀の最中に地震があり、順斎が納まっている早桶がみしみしと揺れ、箍《たが》が切れるのではないかと心配された。

どうも、大島が火を噴いたらしい。

大島だけではない。富士の頂上でも、煙が見えたという。

「急がなくては」

と、みず江が民斎をうながした。

鬼占いである。

「ああ、そうだな」

民斎は、順斎のいなくなった部屋に、鬼占いの道具を並べた。

真ん前に青光玉を置き、右の斜め後ろに雷神石、左の斜め後ろに桃煮を入れた丼を置いた。その真ん中に民斎が座ると、まさに三宝に囲まれるようになった。

「では、始めるぞ」

鬼の面をかぶった。

大勢が見守っている。波乗一族、平田と子分の三人、高畠主水之介や亀吉、おみず、おけさも来ていた。

目的は、大津波をどう乗り越えればいいのか。その術を授かりたい。

「ふうっ」

うまく行かない。青光玉は明滅し、雷神石がぴりぴり火花を出し、桃煮がぐつぐつ沸騰している。民斎も気持ちを集中させてはいるが、天と通じ合えない。

「おなごたちに踊らせよう」

という高畠の助言を得て、女たちが民斎の周りを踊った。

「もっと楽しげに。隠れた天照大神《あまてらすおおみかみ》を岩戸からのぞき見させるつもりで」

だが、なぜか身体が傾いてしまう。すると、力が天に向かわない。

傾く方向は、左の斜め後ろである。

「桃煮ではやはり弱いのかもしれない」

と、民斎が言った。

三者の力が拮抗《きっこう》していないのだ。

「そんなことを言われても、どうしようもない」

平田が呻《うめ》いた。

「種もあるといいのですが」

民斎が言った。

「種？　あ、あります。桃を梅干しみたいに塩漬けにしたのがあるのです。おれはあまり食べないので忘れていました」

「それです、それ」

「わかった」

平田はすぐに家に取って返し、小さな甕に入れた桃漬けを持って来た。

ちょっと指でつまみ、舐《な》めてみる。平田の口臭にも似た、強い発酵臭に思わず顔を背けた。

「ひどいでしょう?」

「いや、これは凄いですよ」

甕から霊力がもくもくと立ち上がっているのもわかる。

座り、ふたたび鬼の面をかぶり、精神を集中させる。

「よし、いいぞ」

三宝の力が拮抗しているのがわかる。身体が傾いたりしない。

熱くなってきた。身体が凄《すさ》まじく熱い。

「あっ、あー」

思わず声が出た。

「頑張って、民斎」

声が聞こえた。みず江の声だろう。

額《ひたい》の両脇が、破裂しそうである。角が出ようとしているのだ。

この角が、天とつながるのだ。

身体が浮いてきたような気がする。
——未来を見せてくれ。人々の運命を見せてくれ。
民斎はさらに祈った。
——人々を救う方法を。
水が飲みたい。苦しくて、もう終わりにしたい。
身体がさらに上に昇って行く。どうなってしまうのか。
「き、消えた！」
「民斎。どこへ行った？」
「どうしたの、民斎さん！」
慌てふためく声もしている。女たちが喚いている。
わたしが消えただと？
——馬鹿野郎。わたしは、ここに、こうして、お前たちのために……。
目を開けた。
——なんだ、これは……。
民斎は遥《はる》か上、火の見櫓《やぐら》の何十倍も上から江戸の町を見下ろしていた。
その江戸の町は、まるで生きもののようにどんどん動いている。

なにが起きているのか。

ところどころに火が上がり、消え、そこが新しくなる。やがて、黒っぽかった町並が、どこか石のような色合いに変わっていく。火事がずいぶん少なくなったと思ったころ、江戸の町が大きく揺れ、火だらけになった。だが、その火も消え、次第に高く大きな建物が現れてきた。

なんだ、この町は？　これが江戸なのか？　そう思ったとき、町の上を何百ものトンボのようなものが横切り、なにかを落として行った。すると、それは地に落ちて火となり、またも江戸の町を焼きつくした。

津波ではないのか。江戸を襲う災厄は、火事であって、津波から無事でいられるのか。焼き尽くされた町だったが、またも新しい建物が建ち始めていた。もう江戸の面影などどこにもなかった。

とんでもなく高い建物が、にょきとにょきと生え出した。まさに無数の石と鉄の建物が江戸を覆い尽くした。民斎のいるすぐわきにまで、それらの建物はやって来ていた。

——ここに人が住んでいるのか？

まぎれもなく人の住まいだった。江戸の人々が、せわしなく、楽しげに、そして切なげに暮らすようすも見て取れた。

そして、ついにあれがやって来た。

「ああ、なんと」

民斎はそれを見た。そして思った。ああ、とても無理だと。とても助けることなどできないと。

だが、そのとき、もう一つ、驚くべきことが起きていた。

——なんだ、あれは？

民斎は見ようとしたが、自分は粉々に砕かれていくような痛みで、気を失っていた。

縁結びこそ我が使命

一

鬼堂民斎は、今日も易者《えきしや》として江戸の町に出た。

水辺の近くではなく、日本橋通四丁目の裏手にある於満稲荷《おまんいなり》の近くに座った。

ここには恋の成就《じようじゆ》を願う娘が多く参詣《さんけい》に来ると聞いたからである。

上手にいい占いを導いて、なんとか恋を成就させてやりたい——民斎はほとんど色恋の神さまになったような気でそう思っている。

座るとさっそく、

「あのう」

と、若い娘が前に立った。

「どうした、好きな男でもできたのかな?」

「え、なんでわかるんですか?」

「そりゃあ、わかるさ」

貧しげでもなく、顔色も悪くない。だとしたら、若い娘の悩みは色恋沙汰《ざた》しかない。

「うちのおとっつぁんの弟子なんです」

「なるほど」

「でも、棟梁《とうりょう》の娘と弟子ってうまくいきませんよね？」

「そうとは限らないさ」

民斎がそう言うと、娘の顔は輝いた。

「あんたはいくつだい？」

「十六です」

「男は年下だな？」

「ええ。まだ占ってもいないのに、それもわかるんですか？」

「お嬢ちゃん。易者というのは、そもそも霊感が働くんだよ」

嘘《うそ》である。この娘は、歳《とし》のわりに地味な着物を着ている。こういうのは、姉さんぶりたがるのだ。

「まだ十四なんです」

「二つ年上か。金のわらじを履《は》いてでも探せってやつだよ」

「じゃあ、相性はいいんですね」

「いいはずだよ。どれどれ、では、占ってしんぜよう。まずは、その好きな相手の名前を教えてもらおうかな」

「純吉《じゅんきち》っていうんです。だから、純なところがあって」

と、娘は顔を赤らめた。

そういうのは、名は体を表すというより、名で体も想像しがちなだけである。画数で占うと、バクチに嵌《は》まりがちだという見立てになった。だが、それを悪くは言わない。上手にいい方向へ持って行くようにするのだ。

「ははあ。あんたがいないと駄目《だめ》になるな、この男は」

「そうですか」

「あんたがいないとバクチで身を持ち崩すよ」

「それは大変」

「早いうちから、バクチは怖《こわ》いと教えてやったほうがいいな。それで、あんたがしっかりさせてやれば、二人の将来も万万歳だ」

「わかりました。頑張ってそうします」

娘は喜んで立ち去った。

こんなふうに、すべていいほうへ、いいほうへと持って行くようにする。それで、できるだけ縁を取り結ぶ。

そうしてこそ、江戸の人々の行く末もなんとかなるはずなのだ。

二

ひと月前の鬼占《おにうらな》いは、途方もないものだった。

延々、半日にわたって、民斎は江戸の未来を見ていたらしい。終わったとき、顔色は真っ青、全身に力が入らず、介抱《かいほう》したみず江たちは、

「骨が柳の枝みたいに柔らかくなっていた」

という。

三日間、ぶっ続けで眠りつづけ、四日目に目覚《めざ》めたが、しばらくはぼんやりし、自分の身になにが起きたか、なかなか思い出すことができなかった。

だが、徐々《じょじょ》に自分が見たものを思い出すと、今度はそれをどう伝えたらいいか、言葉にするのが難しかった。

それで、途中からは絵を描きながら、見たものを説明した。

「おれは、はるか上空から江戸の町を見ていたのだ。しかも、時が経《た》つにつれ、町はどんどん変わっていくらしかった」

「どんなふうに変わるのだ？」

と、波乗三十五が訊《き》いた。

「江戸の町はときおり火事で焼けたりしながら、人々の暮らしはつづいていった。それがあるとき、銀座界隈《かいわい》が白っぽくなってきた」

「どういうことだ？」

「どうも、石でつくられる家が多くなってきたみたいなのだ」

「石で家をつくる？」

「ああ。しかも、だんだん巨大な家が現れ始めた。変わり出すと、どんどん変わった。江戸の町の多くは、ほとんどが巨大な石の建物になったのだ。ただ、途中、地震で多くの家がつぶれたり、火事で焼けたりもした。さらに、翼がある空飛ぶ船が現れ、江戸に火の玉を降らせたのだ」

「火の玉を？　雷《かみなり》ではないのか？」

「たぶん違う。それで、江戸の町の大半が焼け野原になった。だが、そこからが凄《すご》かったのだ。さらに大きな石の家がどんどんつくられていった。しかも、その高さたるや、あれは何層あったのだろう？　五十層？　いや、百層を超《こ》す家もつくられていた。しかも、そのあいだや上を、空飛ぶ船が飛び交うのだ」

「なんだ、それは？　では、われらが恐れてきた大津波は来ないのか？」

「いや、ちょうどそのころになってやって来たのだ。それはもう、途方もない大津波だった。なにせ、江戸の町は完全に海の底になった」

「なんだと？　だが、百層もある家が建っているのだろうが」

「それもすべて海の底に……」

「ええっ」

波乗が唖然《あぜん》として言葉を無くすと、

「では、江戸の人々は全滅か？」

と、平田源三郎が訊いた。

「全滅ではない。その数日前から、途方もなく大きな空飛ぶ船が、星々の方角へ向かって旅立って行った」

「空飛ぶ船がか」

「と思うのだが、おれも見たことのないものだし」

「ううむ」

平田も言葉を無くした。

「では、とりあえずしばらくは、大津波は来ないわけね？」

みず江が訊いた。

「ただ、おれの見た光景が、いまから何年後かがよくわからないのだ。家ができる速さなどからすると、あと二百年くらいかな」

と、民斎は言った。

「じゃあ、一安心じゃないの」

「そうはいくか。おれたちの子孫がそんな目に遭《あ》うのだぞ」

「そうか。できることはしておいてやらなくちゃね」

「そうだよ」

民斎がそう言うと、波乗と平田もうなずいた。子孫への責任感は、皆、持っているのだ。

想像を絶する大津波によって、いったいどれだけの人々が溺死することになるのか、民斎にもわからなかった。

ただ、われわれはこの先、偉大な知恵を必要とするだろうということだけは確かだと、民斎は感じ取っていたのだ。

つまり、偉大な知恵をもたらす天才が必要なのだ。

その天才を得るにはどうしたらいいかも、民斎は想像がついた。それは、少しでも多くの子どもを誕生させることだと。

天才が生まれるためには、とにかく多くの子どもが必要なのだ。そして、何百万人に一人、いや何千万人に一人という天才が現れるのだ。

産めよ、増やせよ。

そのためにこそ、人は恋をせよ。

民斎は、自分の使命を自覚した。

三

棟梁の娘がご機嫌でいなくなるとまもなく、

「あのう」

と、またも若い娘が前に立った。

「おや、お嬢さん。どうかしたのかい？」

歳のころは二十歳前後。町人の娘だが、いかにもいいところの育ちという感じがにじみ出ている。

「好きな人と、会うんです」

「そのとき、着物を縦縞《たてじま》のにするか、小紋《こもん》にするか、迷っているんです。そういうのって、占ってもらえますか？」

「もちろんだよ。ただ、色恋を占う場合は、相手のことも大事なんだよ」

「はい」

「どういう顔をしてるのかな？」

「顔はわからないんです」

「わからない？」

「会ったことがない、いえ、向こうはよく知っているらしいんですが、あたしのほうはわからないんです」

「ああ、そういうのね」

男が岡惚《おかぼ》れしていて、ようやく名乗りを上げる決心がついたのだろう。

「会ったことがないのに好かれたいなんて変だと思うでしょ？」

「まあね」

「文《ふみ》をもらっているんです」

「なるほど、恋文をもらったのか」

「羨《うらや》ましいねえ」

「それも一度だけじゃなく、何度も。素敵な文なんです。ひたむきで、男らしくて、こんな文を書く人だったら、あたしも間違いなく好きになると思いました」

「へえ。その文で、ずいぶんいろんなことがわかるのだがね」

「いま、一つは持っています」

「見せておくれ。それで占うよ」

「お願いします」


会うのは怖いけど、やっぱり会ってもらいたい。

この思いを、直接伝えずにはいられない。

今日の暮れ六つ（午後六時頃）の少し前に、鉄砲洲稲荷の境内《けいだい》でおさきちゃんを待ってるよ。

出て来ておくれ。


「じゃあ、これを置いて、八卦《はっけ》で観《み》てみるよ」

占うと、縦縞に凶と出た。

こんなにはっきり凶が出るのは珍しい。

「小紋にすべきだな。縦縞はよくない」

「やっぱり」

「小紋はいわば小枝の蕾《つぼみ》。これから、満開の花を咲かせるんだ。小紋の着物はそういう運命の呼び水にもなるはずだよ」

「わかりました。わたしもほんとは小紋の着物が大好きなんです。じゃあ、さっそく着替えて来ます」

よほど嬉《うれ》しかったのか、おさきという娘は、鑑定《かんてい》に使った文を忘れて行ってしまった。

四

それから二人ほど、やはり女の色恋沙汰について、占いをしてやった。

どちらもかなりの歳で、一人はたぶん七十を超《こ》えていた。子づくりのほうは期待できそうもなかったが、それでも世のなかに恋の気分が蔓延《まんえん》するのはいいことである。

「この恋は成就するから、ひたむきに突進しなさい」

と、激励してやった。

夕方になったころ——。

おさきが通り過ぎたが、意外にも縦縞の着物を着ているではないか。

「なんだ、なんだ？　小紋にするんじゃなかったのか？」

民斎は思わず声をかけた。

「ごめんなさい。あたしには縦縞が似合うって言うので」

そう言いながら通り過ぎようとする。

「おい、文を忘れてたぞ」

「あ、急いでいるんです。あとでもらいに来ますね」

おさきは行ってしまった。

嫌《いや》な予感がした。

当人は、小紋にすることを喜んでいた。

ふだんはたぶん、縞の着物が多いのだろう。それは、縞のほうがすらりとして見えるからだ。あの娘は、ぽっちゃりした体形だった。

だが、それをなぜ、縞にしたのか。

もう一度、あの文を見た。

民斎は両方の手のひらで挟《はさ》み込むように文を持った。

それから気持ちを無にしてみる。

――ややっ？

この文から、悪事の臭《にお》いがぷんぷんと立ち上《のぼ》ってきた。それも、胸が悪くなるくらいである。

――まずいなあ。

いままで会ったこともない男との待ち合わせ。

待ち合わせの場所は、文に書いてあった。大川《おおかわ》に近い鉄砲洲稲荷。

舟に娘を乗せ、逃げていく光景が脳裏に浮かんだ。

あの娘の態度から、占いのあと縦縞の着物を着て来るようにと催促《さいそく》の文が来たのだろう。

それが目印になるのではないか。

――かどわかしだ！

と、民斎は思った。

すぐに荷物をまとめ、鉄砲洲稲荷に急いだ。

あたりはすでに薄暗くなって来た。

こういうときは小紋の着物は目印になりにくい。だが、縦縞の着物ならよくわかる。

鉄砲洲稲荷の境内に駆け込んだ。

ほとんど人は見当たらない。

――ん？

ここは大川と越前堀《えちぜんぼり》と八丁堀という三つの水の流れが交差するところにある。その大川のほうへ小舟が出て行くところで、舟には縦縞の着物を着た娘が乗っているのが見えた。さっき脳裏に浮かんだ光景そのままである。

「おい、お……」

名前を呼ぼうとしたら度忘れして出て来ない。

「おさよ、おさだ、おさえ……！」

連呼してみたが、かえってよくないだろう。

「その舟、待て！」

だが、舟は止まらない。

追いかけられそうな舟も、見当たらない。

――遅かったか。

悔《くや》しがったところで、後ろから声がした。

「あら、さっきの易者さん。どうかしたんですか？」

振り向くと、あの娘がいるではないか。

「え？」

民斎、頓珍漢《とんちんかん》に慌《あわ》てただけなのか。

五

「そうだ、あんた、おさきちゃんだ」

顔を見て思い出した。

「そうですけど、どうかしたんですか？　大きな声を出してましたけど？」

「いや、なに。それより、会えたのかい？」

「それがまだ来ないんです。暗くなったから帰ろうかと思って」

「うん。そのほうがいい。あの文を占ったが、どうも悪事の臭いがしたのだ」

「まあ、悪事ってなんです？」

「もしかしたら、かどわかしかもしれない」

「かどわかし！」

「そう。いま、ほかの娘が舟であっちに連れ去られただろう。あれはたぶん、間違えてさらわれたのだ」

「どうしましょう」

「じつは、おれは易者というのも本当なんだが、こういう仕事もしてるんだ」

と、民斎は十手《じって》を見せた。

「まあ、親分さんだったのですか」

「まあな」

おさきは、岡っ引きだと思ったらしい。だが、隠密同心《おんみつどうしん》のことなど説明してもしようがない。

「お見それいたしました」

「おさきちゃんは、なんで小紋にしなかったんだい？」

「じつは、あのあと、文が届いて、あ、これなんですが、小紋を着てたのに、急いで縞に着替えたのです」

と、文を見せた。

それにはかんたんに、黄色の地に縦縞が入った着物が似合うので着て来て欲しいと書いてあった。

なんか、変な感じがする。

「あそこの稲荷で、なにか変わったことはなかったかい？」

「あ、そういえば、境内に入る前、知り合いの若旦那にあって、ちょっと話をしたんです」

「知り合い？」

「南伝馬町《みなみてんま》にある〈大谷屋《おおたにや》〉という仏具屋の若旦那で」

「ああ、大きな店《たな》だな」

あの通りでは、ひときわ間口の広い店である。

「はい。ばったり会って、どこへ行くんだいって訊かれて、はい、ちょっとそこまで用事があってと。なにせ、急いでいたので」

「なるほど」

もし、その若旦那がかどわかしの一味だとする。

若旦那は顔を知られているので自分ではやれないが、仲間がいたのだ。仲間は隠れていて、若旦那と話した娘を捕まえればいいとなるのではないか。

「あ、そこがあたしの家です」

指差したのは、京橋のたもとの海産物問屋〈津軽屋《つがるや》〉。

大きな店で、もしもこのおさきをかどわかしていたら、さぞや多額の身代金を要求できただろう。

すると、店の前にいた手代《てだい》が、

「あ、お嬢さまが！」

と、叫んだ。

「おさき、無事だったのか？」

あるじたちがいっせいに店から飛び出して来た。

六

「おとっつぁん。こちらは親分さんで、危ないところに駆けつけていただいたのよ」

「それは、それは。よろしければ、なかで一献。芸者でも呼びましょうか？」

おさきの父は、喜びで舞い上がってしまったのか、間抜けなことを言った。

「いや。それどころじゃない。それより、下手人《げしゅにん》から連絡が来ていたのですね？」

「はい。娘をかどわかしたので、返してもらいたかったら金を出せと」

「いくらです？」

「千両、寄こせとありました」

「千両ですか」

「千両……」

わきで聞いていたおさきは、ぽかんと口を開けた。

「いま、用意して舟に乗せるところでした」

あるじはそう言ってから、

「行くな、行くな、もういいんだ」

と、橋の下から舟が出るのを止めた。

「町方《まちかた》には？」

民斎が訊いた。

「報《しら》せました。そろそろお見えになるとは思うのですが」

通りを見ると、ちょうど御用提灯《ごようぢょうちん》を持った連中が駆けつけて来た。

そのなかに猿田と雉岡もいた。

「なんだ、民斎も来てたのか」

猿田が笑顔で言った。もう平田の子分たちともすっかり打ち解けているのだ。

「どうも、相手は人違いをして、別の娘をさらったみたいだ」

「なんてこった」

「本当はこの娘さんが狙われたんだ」

と、民斎はおさきを指差した。

「すると、どうなるんだ？」

猿田はわけがわからないというように訊いた。

「向こうもいまごろは人違いと気づいているだろう」

「娘を放すかな？」

「身代金が取れそうなところの娘なら、そっちを脅しにかかるが、取れそうもなければそのままほっぽり出すだろう」

「殺したりは？」

「わざわざ面倒なことを計画した奴《やつ》らだからな。たぶん、一文にもならない殺しはしないと思うぜ」

なにせ、このかどわかしは、恋文でおさきの気を引くところから始まっているのだ。

「そうかあ、となると調べは面倒だな。失敗したとは言っても、下手人をうっちゃっておくわけにはいかんし」

「どうしよう?」

猿田が雉岡を見た。

「平田さんに相談してもいい知恵は浮かぶわけないぞ」

「民斎。このままおぬしが担当してくれないか?」

猿田が申し訳なさそうに訊いた。

「ああ、いいよ。乗りかかった船だ」

「そりゃあ、大助かりだぜ」

二人はホッとして帰って行った。

「親分さんじゃなかったのですね。大変、失礼いたしました」

おさきの父親が、深々と頭を下げた。

「そんなことはどうだっていい。それより下手人を捕まえなくちゃならない」

「わたしどもにできることがありましたら、なんなりと」

「いや、よい」

それにしても変である。

たぶん、大谷屋の若旦那は、かどわかしの仲間になっている。だが、おかしなところが多い。

黄色地の縦縞なんか目印にしても、着ている娘は少なくない。ほかにいくらでも目印はつけられるはずである。

――もしかして……。

若旦那が仕組んだ狂言なのではないか。

かどわかしに遭うところを、若旦那が飛び出し、助けてやる。そこで、じつはあの恋文はとなれば、おさきは間違いなく恋に落ちる。

――いや、やはり狂言でかどわかしはおかしい。

そこまでやらなくたって、適当に因縁をつけるくらいで済む。それに若旦那は顔を見せておいたほうがいい。身代金の要求も早かった。

「おさきちゃん、さっきの文を見せて」

返してあった二つの文を並べ、気を集中させた。

あの鬼占いで、もう自分の能力は消えたかと思ったが、そういうことはない。

むしろ、さらに研《と》ぎ澄《す》まされた感じはある。

前の文は悪事の臭いがいまもしている。

だが、今日来た文にはない。

「やっぱり若旦那に訊くしかないか。若旦那の名前は？」

民斎は、おさきに訊いた。

「新右衛門《しんえもん》さんです」

「どういう奴だい？」

「よく知らないんです。あたしが出ているお茶の会で、たまにいっしょになるくらいなので。ちょっと気の弱そうな、いい人っぽいですけど」

「あまりパッとしないか？」

「ああ、はい」

民斎は、南伝馬町の大谷屋へ向かった。

七

大谷屋は、おさきの実家よりさらに大きな店で、繁盛《はんじょう》もしている。扱っている仏具も豪華なものが多く、金色が店のなかから飛び出て、前の道まで照らしている。

　――ここの若旦那が、危険を冒してかどわかしなどするわけがない。

　と、思う。

　手代に訊いてみると、若旦那はまだ帰っていないという。

　と、そこへ――。

　黄色地に縦に縞が入った着物を着た娘がやって来た。

「おう、おかよ、どこ行ってたんだ？」

　手代が声をかけた。

「若旦那のお遣《つか》いですよ」

　おかよという娘は、怠《なま》けていたのではないというように言った。どうやら、ここで働いている娘らしい。

　このやりとりで、民斎はぴんと来た。

「あんた、いままでどこへ行ってたんだね？」

　と、民斎は十手を見せながらおかよに訊いた。

「なんか、二人の男に無理やり舟に乗せられて、深川に連れて行かれたんです」

「かどわかしに遭ったんだな？」

「かどわかし？　そんなんじゃないと思いますけど」

かんたんな悪ふざけに付き合わされたとでも思っているらしい。

「若旦那になにか頼まれたのか？」

「はい。この着物を着て、鉄砲洲稲荷に来いって。そしたら、二人組に無理やり舟に乗せられたんですよ。でも、そうされるかもしれないとは、若旦那に聞いていたので、そんなに怖くはなかったです」

「それで？」

「お前は津軽屋の娘だろうって言うから、いいえ、あたしはただのお針子ですって。若旦那にそう言えと言われてたので」

「それで、放り出されたのか？」

「はい」

「深川のどこだ？」

「ええと、永代橋を渡って右手の、下駄屋《げたや》の裏手の長屋でした」

民斎は急いで駆けつけた。下手《へた》したら、若旦那が危ないことになる。

当の長屋の前まで来て、民斎は耳を澄ませた。なかから話し声がしていた。

「あんたたちは、早く上方《かみがた》にでもずらかるべきだぞ」

「そうは行くか」

「いくら娘を返しても、あんたたちはかどわかしをしようとしたんだから、町方が下手人として探しているぞ」

「あの娘は、かどわかしだなんてわかっていねえよ。ただの人間違いだと思っているさ」

「だが、津軽屋には身代金を要求した文を出しただろうが」

「あれもう、ただの悪戯《いたずら》だと思ってるだろうよ。なんつったって、娘はいなくなってねえんだから」

「それにしても」

「おい、新右衛門、おめえ、なんかおかしいぞ」

「なにが？」

「おれたち兄弟は、子どものころからの友だちだよな」

「そうだよ」

「いくらおれたちの親が商売をしくじって、おれたちもすっかり落ちぶれたといっても、友情は変わらないとはおめえが言ったんだぜ」

「そう思ってるよ」

「だから、おめえがおさきって娘を好きだって言うから、おれたちだって恋文の文句を考えてやったりしたんだろうが」

「ああ、感謝してるよ」

「もっとも、そんなことからかどわかしを思いついたんだがな」

この話で民斎はすべて納得がいった。

若旦那は、幼馴染《おさななじみ》の兄弟に恋心の胸のうちを相談したことでかどわかしの悪事に巻き込まれた。だが、なんとか二人を手玉に取って、かどわかしを失敗させようとしたのだろう。おさきが好きだということは嘘ではないのだ。

「いいよ、いいよ、兄貴。こうなったら、新右衛門から千両いただいて、上方に逃げようぜ」

兄弟の弟のほうが言った。

「千両なんか無理だよ。百両くらいならなんとかなるかもしれないけど」

そう言ったのが若旦那だろう。

「馬鹿野郎。じゃあ、三百両にまけとくぜ」

「わかったよ、じゃあ、店の裏まで来てくれよ」

三人はいまから南伝馬町の大谷屋へ向かうらしい。

民斎は急いで永代橋のたもとに先回りし、そこで易者の机を置いた。

まもなく三人はやって来た。若旦那はなるほどちょっと冴《さ》えない見た目だが、しかし好人物そうではある。兄弟のほうはすっかり貧乏暮らしが身についたらしく、着ているものもぼろぼろだった。

こいつらもかなり切羽《せっぱ》詰まった末に思いついた悪事だったのだろう。娘をかどわかして千両を奪おうとした罪でお縄《なわ》にすれば、未遂とはいえ、斬首《ざんしゅ》の刑にもなりかねない。若旦那ともうまく折り合いをつけ、適当な金子《きんす》で上方にでも行かせるのが、いちばん穏当な結末かもしれない。

三人が来たところで、

「あ、これ、これ、あんたたち」

民斎が声をかけた。

「うるせえ。それどころじゃねえんだ」

兄弟はそう毒づいて通り過ぎようとする。

「ややっ、お前たちからかどわかしの臭いがするぞ」

民斎がそう言うと、

三人は足を止め、こっちを見た。

「幼馴染だからといって、金をせびったり、悪事に巻き込むのはいかんな」

「誰だ、おめえ？」

「わたしは霊感にすぐれ、なんでもわかる易者だ」

民斎がそう言うと、

「新右衛門、おめえの知り合いか？」

兄弟は若旦那に訊いた。

「知らないよ、こんな人」

ほんとに知らないから、返事にも嘘臭さはない。

「だから、霊感と言っているだろうが。お前たちは、どこかの店の娘をかどわかして、千両の身代金を取ろうとしただろうが」

「え」

「その店は、ははあ、昆布《こんぶ》やスルメの匂いがするような店だな」

「………」

「え？」

三人は顔を見合わせた。

「だが、しくじったので、そこの若旦那から金を脅し取ろうとしているのか」

「てめえ」

「最後まで話を聞け。お前たち兄弟が行き詰まっているのは、わしにもわかる。もう江戸は捨てて上方で真面目《まじめ》になってやり直せ。どうだ？」

「そ、それはいいけど、上方に行く旅費さえねえんだよ」

兄弟の兄貴らしいほうが言った。

「では、こうしよう。若旦那は五十両を餞別《せんべつ》として二人にやる。二人はそれで大《おお》坂《さか》に行き、真面目に働き、もしも仕事がうまく行って返せるようになったら、江戸に来て返すというのはどうじゃ」

「わかりました」

三人はうなずいた。

「では、行くがいい」

民斎は立ち去ることをうながした。

「へえ」

三人は、橋を渡って行くが、かならず振り向くに違いない。

民斎は荷物をまとめてすぐさま橋のところに駆け寄り、橋板に手をかけてぶら下がった。

「あ、さっきの易者がいない」

「まさか、天狗《てんぐ》だったんじゃないか」

「うへえ。早く、江戸から逃げようぜ」

三人が驚く声を、民斎は片手で橋にぶら下がったまま、満足げに聞いていた。

八

翌日も、鬼堂民斎は於満稲荷の近くに座った。

恋の悩みを抱える若者たちに希望を与えるため、今日もいい卦《け》を大盤振る舞いしてやるつもりである。

なんだか生まれて初めて、使命というものをひしひしと感じている気がする。

人間、使命感に燃えてできる仕事より幸せなことはないと、民斎はつくづく思う。

目の前に若い男女が立った。

大谷屋の若旦那の新右衛門と、津軽屋のおさきである。

「ほら、若旦那。この方にお礼をおっしゃい」

おさきがそう言うと、

「あ、あのときの易者さん！」

若旦那は民斎を見て目を丸くした。

そこで事情を説明してやると、

「そうだったんですか」

と、納得した。

「あいつらは大坂に向かったかい？」

「はい。行きました。五十両はかならず返すからと言ってました。ほんとはいい奴らだったんですが、ついてないというか、でも今度はいいほうに向かってくれると思います」

若旦那がそう言うと、

「新右衛門さんて、ほんと友だち思いでやさしい」

おさきが嬉しそうに言った。

「いや、友だちだけじゃない。おいらはたぶんおさきちゃんにも」

「うん。嬉しい」

どうにも見ちゃいられない。

「はいはい。わかったよ。あとは頑張ってやっとくれ」

恋の仲立ちという民斎の使命は達成されたのである。

この日、民斎は十四人の男女の恋を占い、一人残らず、突き進め、かならず願いは叶《かな》うと保証してやった。

それでも、二人か三人は叶わぬ場合もあるだろうが、まずはそそのかすことが肝心なのだ。

於満稲荷に、すべての恋の成就を願い、今日のお開きとした。

木挽町の長屋にもどると、

「民斎さん、これよかったら……」

亀吉が煮物をつくって持って来てくれた。

「亀吉姐《ねえ》さん、晩飯は？」

「まだなの」

「よかったらうちで食べないかい？」

「あら、いいんですか」